ーフォーゼ

～天・高・卒・業～

塚田英明

KC 講談社キャラクター文庫 014

デザイン／出口竜也（竜プロ）

目次

KRC
AMANOGAWA HIGH SCHOOL

主な登場人物

如月弦太朗　**仮面ライダーフォーゼ**
天高3年生　宇宙仮面ライダー部部員　友だち命

歌星賢吾
天高3年生　宇宙仮面ライダー部部員　ツンデレ

城島ユウキ
天高3年生　宇宙仮面ライダー部部員　宇宙オタク

朔田流星　**仮面ライダーメテオ**
昴星高3年生　宇宙仮面ライダー部部員　拳法使い

野座間友子
天高2年生　宇宙仮面ライダー部部長　ゴス少女

ＪＫ
天高2年生　宇宙仮面ライダー部部員　情報屋

黒木蘭
天高1年生　宇宙仮面ライダー部部員　合気道娘

草尾ハル
天高1年生　宇宙仮面ライダー部部員　天然パーマ

風城美羽
大学1年生　宇宙仮面ライダー部会長　元・天高クイーン

大文字隼
大学1年生　宇宙仮面ライダー部部員　元・天高キング

大杉忠太
天高教師　宇宙仮面ライダー部顧問　独身

園田紗理奈
元・天高教師　元スコーピオン・ゾディアーツ

鬼島夏児
天高3年生　落語研究会　元キャンサー・ゾディアーツ

杉浦雄太
天高3年生　生徒会　元タウラス・ゾディアーツ

高村優希奈
天高3年生　プロム実行委員会会長　積極的

牧瀬弘樹
天高3年生　変態くん

平良すみえ
天高3年生　内気

坂本遼子
天高3年生　金髪＆ピアス

穂積聖瑠
天高3年生　キレキャラ

美咲撫子
昴星高3年生　なでしこのオリジナル

白川芽以
昴星高3年生　流星の同級生

土屋未菜
昴星高2年生　穂積聖瑠のガールフレンド

仮面ライダーイカロス
謎のライダー

プロローグ

そこに映っているのは、彼女の夢だった。

テレビ画面から溢《あふ》れるまばゆいフラッシュの嵐。宇宙飛行士の我望光明《がもうみつあき》が人類史上初となる三年三ヵ月の月面滞在から単独帰還したニュースが、世界中を沸かせていた。

黒髪の美しい少女が茶の間でテレビ画面を食い入るように見つめている。

「今、たった今、我望光明さんを乗せたOSTO《オスト》の帰還船が着陸しました。我望さんがたった一人で月面から帰ってきました。日本人宇宙飛行士としての華々しい栄光です。我々は歴史に立ち会っています。素晴らしい。素晴らしい。わたくし、熱い思いを抑えきれません」

各国の報道陣でごった返す中、レポーターの声は興奮にうわずって聞き取りづらい。

帰還カプセルの扉を、駆け寄ったスタッフたちがこじ開ける。

両脇を支えられ、我望が姿を現すと、ひときわ大きな歓声が沸き起こった。我望はゆっくり地上に降り立つと、人差し指をすっと空に向けて注目を集め、世界に向けて語り始めた。

「みなさん、宇宙はすぐそこにあります」

全人類が、言語を超えてこの男の言葉を聞こうと耳を澄ます。すべての雑音が消えた。

「私たち地球人は、そろそろ宇宙人類仕様になる時が来たのかもしれません。赤ん坊がずっと赤ん坊のままでいられないように。今こそ、人類の英知を絞って地球の外に飛び出しましょう。そうして我々は次の段階へ進化するのです。さあみなさん、共に新しい世界で生活する準備をはじめようではありませんか」

一瞬の静寂《せいじゃく》の後に、歓声がはじけた。人々は大声で我望の名を呼び続けていた。人類の誇りと呼ぶにふさわしい英雄だと、スタジオのコメンテイターたちも称えている。

「かっこいいなあ」

少女の目は、画面に映る太陽のような男にすいよせられていた。これだ。これこそが私の理想。将来の私の姿なんだ。少女は、体から不思議な熱が湧き上がってくるのを感じた。胸の前で、願いを書いた七夕《たなばた》の短冊《たんざく》を握りしめた。短冊にはかわいらしい、だが力強い文字でこう書いてある。

『大きくなったら、うちゅうひこうしになりたい』

「私、我望さんといっしょに木星に行く。ぜったい」

その少女の隣でいっしょにテレビを見ていた少年が、心の底から感心したように言った。

「すごいよなあ、将来の夢がもう決まってるなんて。なんか羨ましいよ」

少年の言葉には、素直な尊敬が込められている。

彼女の頬が誇らしさで赤く染まった。この幼なじみの少年は、いつも少女に元気をくれる。いっしょにいると温かい気持ちになれる。気分をノセてくれる。これは彼のすごい才能だ。

「ロケットの名前はもう決めてあるんだよ」

「へえ、なんて言うんだ？」

うふふと微笑み、少女は胸の前でピースサインして、言った。

「イカロス」

そういう名前の小惑星があるのを、星の本で読んだのだという。

少年はちょっと戸惑いながら、

「……イカロスって、高く飛びすぎてツイラクしちゃった人……だよな？」

「えっ？」

「たしか太陽の熱で羽根が溶《と》けて」

「えー？　そうなの？」

「うん、そんなマンガ読んだことある……」

少女は驚いた。そんな神話があったなんて初めて知った。将来の大事な計画が最初の一歩で躓《つまず》いてしまった。よりにもよって墜落とは……。さっきまでの高揚した気分が一気に冷えた。大きな目にじわああと涙が溢れてくる。

まさか泣くとは思っていなかったのか、少年は慌《あわ》てて、

「わ、ごめ、えと……だ、大丈夫！」

「何が大丈夫なのよ」

口をとがらせる少女。もうすべてが台無しになってしまった気分だ。

「太陽と友だちになればいいんだよ」

「え？」

「太陽だって、友だちを落っことしたりしないだろ？」

「太陽と、ともだちに……？」

まったく意味不明だが、そこもこの少年らしい。とにかく思考がポジティブなのだ。

「うん。イカロス、いい名前じゃん。なんかヒーローっぽいぜ」

少女はぷっと吹き出した。縮こまった胸の奥にほっと温かいものが生まれた気がした。

ああ、彼はやっぱり元気をくれる。すごい才能だ。

「そうだね。イカロス、いいよね」

少女は屈託《くったく》なく笑った。


その笑顔を、遠くから〝何か〟が見ていた。いっさいの感情を感じさせない、時間も空間も超越した眼。その眼はまるでぽっかりと空いた穴のようだ。ひっそりと蠢《うごめ》きながら、恐るべき熱心さで視線を這《は》わせている。己の虚無を埋めるものを探して……。

第一章　卒業三日前

1

　早春の土手。芽吹き始めた緑がまだ冷たい朝の風にそよぐ中を、高校生たちが談笑しながら歩いている。青のブレザーにオレンジの学校指定コートが目に鮮やかだ。ここは新《しん》・天ノ川《あまのがわ》学園高校の通学路なのだ。

　そんな中、一組の男女が周囲の生徒をはねのけながら全力疾走で現れた。リーゼントに学ラン姿の不良少年と、長い髪をなびかせた天高《あまこう》の女生徒だ。

「うおおおおおお、せいしゅーん」

「あああああん、フルスロットルー」

　いや、よく見ると三人組だ。もう一人、茶髪の天高男子が二人を追いかけている。

「ちょっと待てえええええ、なんで俺までえええ」

　周囲の生徒たちをはねのけながら走っていたが、ようやく追いついた茶髪が前の二人の襟首《えりくび》を摑《つか》んで止まらせた。

「うぐッ」「ぐえっ」

　勢いのまま、二人は転がった。

「はあはあ」「ぜえぜえ」

「お前らイイかげん、朝から徒競走するのやめろ！」

怒鳴って説教する茶髪は歌星賢吾《うたほしけんご》。天高三年生だ。

「でも賢吾くん、これやると一日のハリが違うんだよ」

先に立ち上がった女子。はじける笑顔がまぶしいのは、城島《じょうじま》ユウキだ。ミニスカートから伸びた脚の絶対領域もまぶしい。

「そうだ。絶叫全力疾走は青春のターボエンジンだ」

リーゼントが叫んだ。短ラン＆ボンタンの古式ゆかしい不良少年ルック。手にしたカバンは教科書よりも薄く、学業に対する情熱の程が知れる。だが「友情」の二文字がファイヤーパターンとともに描かれているのが、彼の人生哲学を物語っている。如月弦太朗《きさらぎげんたろう》だ。

「いや、それも聞き飽きた。もういい」

まだ何か言おうとする弦太朗を賢吾がクールにさえぎった。クールは賢吾の代名詞だ。

ユウキが深呼吸して、春の空気を胸いっぱいに吸い込んだ。

「あとちょっとで卒業かあ。桜ももうじき咲きそうだね。『ああ、今年もまた満開の桜の花の中で卒業生たちを送りだしてあげたい』……木々がそう言ってるみたい」

さらに芝居がかって、

「社会に出てもがんばれ、へこたれるなよ、天高の諸君。満天の星空のような満開の桜で、旅立つ君たちにエールを送ろう。乾杯」

桜を演じたかと思うと、クルッと振り返り、

「うん、ありがとう。新・天ノ川学園高校近くの土手の桜さん。私たちがんばる。飛び立つよ。JAXA《ジャクサ》の新型固体ロケット・イプシロンみたく。ね、はやぶさくん」

今度は桜にお礼を言い、手作りのパペットと会話する。世間で言うところのいわゆる不思議ちゃんだ。このユウキは、宇宙のこととなると我を忘れる宇宙オタクで、客観的には奇行と呼ぶべきエキセントリックな言動をしばしば繰り出す。はた目にはなかなかの美少女なのだが、本人にその認識は薄い。

「ユウキの青春劇場を鑑賞しながら、この道を登校できるのも、残すところ三日か」

賢吾は皮肉っぽく、だが温かみのある言葉をかける。気取ってはいても、結局のところ、彼も毎朝の全力疾走を楽しんでいるようだ。ささいな日常から「俺は生きている」と誰よりも強く実感する。

それほどに彼の半生は特別だった。

賢吾の父、歌星緑郎《うたほしろくろう》は無限の宇宙エネルギーであるコズミックエナジーを研究する科学者だった。賢吾は、志半ばで死んだ父親からアストロスイッチとフォーゼシステムを受け継いだ。以来、コズミックエナジーを悪用する敵と戦う使命を悟り、その戦いに高校生活を費やしてきた。戦いの末に、自分の正体が地球外生命《プレゼンター》の作ったスイッチから生まれた

「地球人のサンプル」だと知って衝撃を受けたが、仲間たちの支えで心の闇を乗り越え、今は普通の人間の体も手に入れて人生を続けている。

　ここで弦太朗がまた叫んだ。

「進路は青春の関ヶ原だーッ」

　如月弦太朗は、友だちのことになるとお節介なくらい我を忘れて突っ走ってしまう熱血高校生。周囲の者は、最初は迷惑がっていても、やがて弦太朗のペースに巻き込まれてしまうのだった。天高の二年B組に転校してきた弦太朗は、賢吾からフォーゼドライバーを預かり、学園を守るために仮面ライダーフォーゼに変身して戦った。

「青春の乗換駅は、複雑すぎるぜーッ」

　またまた叫んだ。彼には、「青春名言」を言いたい癖がある。「部活は青春の大通りだ」「川へのスローイングは青春の記念碑だ」「青春の塩味が涙なら青春のしょう油味はラーメンだ」といった感じに。彼ほど青春を意識している高校生もめずらしい。

「弦ちゃん、進路まだ決まらないの？」

「いいかげん決めたらどうだ、弦太朗。もうあと三日で卒業だぞ」

　ユウキと賢吾が歩きながら心配そうに言う。三人は土手を降りて住宅街を歩いていた。

　弦太朗は空を見上げながらタラタラ歩く。

「うーん。我望理事長との約束を果たすために、プレゼンターに会いに行く努力をすべき

「宇宙飛行士を目指すのは違う気がするんだよな。だってほら、俺は変身したらいくらでも宇宙に行けちゃうしな」

と言いかけたユウキを遮り、続ける弦太朗。

「じゃあ、私といっしょに、」

なんだろうけど」

「軽々しく言うな」

賢吾が反論する。

「俺たちはアストロスイッチのことだって完璧に理解しているわけじゃないぞ。もっともっと知り尽くす必要がある。まだ本当に謎だらけなんだ」

賢吾には、プレゼンターの研究をするという確固たる目的がある。自分の存在が何なのか、自分を創ったプレゼンターとは何なのか。それを知りたい、研究したい、そう望んで、宇宙京都大学に進学することにした。そこに迷いはない。

「弦太朗も、俺たちといっしょに素直に大学行けばいいんだよ。受かってるんだから」

なんと弦太朗は、賢吾とユウキの付き合いで受験して、同じ宇宙京大に合格しているのだ。選択問題が多かったのが幸いしたのか？　たしかに弦太朗のヤマカンはなかなかのものではあるが……いずれにせよ奇跡としかいいようがない。なにしろ国内トップレベルの難関大学なのだ。孫に自分の出来の悪さが隔世遺伝《かくせいいでん》した責任を感じていた弦太朗の祖父・

吾郎《ごろう》は、この奇跡の大学合格を大いに喜び、「弦の字、悪いコタ言わねえ。これは神様の思し召しだ。行け。入っとけ」と手続きやら入金やら、そんなことを勝手にやってくれたのだ。それでも弦太朗はそもそも大学へ行きたいのかどうか迷っている。

「でも俺、勉強好きなわけじゃないしな」

「いつもハッキリしてるのが弦ちゃんなのに、今回ばっかりは決めかねてるんだね」

首を傾げるユウキを見て、弦太朗は自分でも不思議に思った。

天高では持ち回りで担当教師が校門で生徒たちを出迎える。今朝の担当は二人。美人のキックボクシング部顧問・宇津木《うつぎ》遥《はるか》先生と個性派おしゃれオカマの諸田《もろた》敏《さとし》先生だ。

「おはよう。今日は全力疾走じゃないのね」

「オッハー♪　うふっ」

ユウキと賢吾は「おはようございまーす」と挨拶を返したが、弦太朗は難しい顔で通り過ぎた。

「あら、無視？　うふっ♪」

「何？　如月くんはお腹でも壊したの？」

ユウキが小声で返す。

「てゆうか、進路が決まってないんで、悩んでいるみたいです」

弦太朗の脳内では〝疑問〟がムズムズしていた。オレ、どうしちまったんだ？　自分のしたいこともわかんねえなんて……。いつだってハッキリくっきり、一直線に生きてきた弦太朗にとって、それは初めての経験だった。まるで頭の中にモヤモヤした異物が紛れ込んだみたいだ。何かもっとやらなければいけないこと、やりたいことがあるような気がするのだが、今ひとつ自分の気持ちがわからない。このモヤモヤの原因は何なのか。

「ひょっとして、これ、かな……」

下駄箱のあたりで、一枚のボロボロの写真を取り出した。

賢吾とユウキも覗《のぞ》き込む。

「何、この写真？」

「いや、それがさ」


つい三ヵ月くらい前、不思議なことが起きた。弦太朗が今朝と同じように三人で土手を歩いていると、突然何者かに土手の下に引きずり込まれた。そいつはいきなり言った。

「よお、俺」

理由はわからないが「もう一人の弦太朗」がそこにいた。

「わりい、ちょっとフォーゼドライバー貸してくれ」

弦太朗は言われるままにベルトを貸してやった。なんと言ってもほかならぬ自分の頼みだから。結局そのフォーゼドライバーは、見知らぬ別の男が「約束の指輪」とやらといっしょに返しに来た。「じゃあ、五年後に」とか言ってたが何だったんだろうな、あれは。「君に助けられた仮面ライダーだ」とも言っていたが。

とにかくこの写真は「もう一人の弦太朗」が落としていったものらしい。クラス写真のようだ。見知らぬ天高生徒たちに囲まれてそいつが写っている。学ランではなくてグレーのスーツにネクタイ姿。髪こそリーゼントだが、いつもの弦太朗よりも大人っぽい格好だ。

いったいあの「もう一人の俺」は何だったんだ？

弦太朗はまじまじと写真をながめた。なんだかサッパリわからないがその写真で気になるのは、もう一人の弦太朗もほかの連中もすごく良い笑顔をしているということだ。今は進路に迷っている弦太朗だったが、こんなふうに自分も周りも笑って過ごせる未来があるなら、そこが進むべき未来なのかもしれない。

「よく笑ってるなあ」

独り言ちている間に、賢吾とユウキはもう廊下の先を歩いていた。追いかける弦太朗。

賢吾はちょっとハニカミながらユウキに話しかけた。

「弦太朗が来なかった場合、俺たちは二人で京都の大学生活だな。ユウキ」

だが、返事がない。

「…………」

「……ユウキ？」

なにか真剣な顔になったユウキが突然、賢吾と弦太朗のほうを向く。

「賢吾くん、弦ちゃん、私京都の大学には行かないことにした」

「何！」「なんだって！」

驚く二人。

「城島ユウキ、アメリカ行きます」

「アメリカ？　お前、このまえ卒業一人旅だって、アメリカ行ったんじゃないのか」

「内緒にしてて、ごめん。じつはそれ、受験だったんだ」

「卒業旅行じゃなくて？」

ユウキは頷《うなず》き、とつとつと語りだした。宇宙飛行士になるためにアメリカ留学する、それが夢への最短距離……もちろん迷いもあったけれど、最終的にはそう判断したのだと言う。そして皆に内緒で受験していたのだ。

驚いた。けれど、子供のころからの夢に向かって迷いなく進んでいくユウキが、今の弦太朗にはとてつもなくまぶしく見えた。

「そっか。おめでとうユウキ！　このままお前の夢に向かって突っ走れ。もしダチがプロの宇宙飛行士になったら俺たちも鼻が高いぜ、なあ賢吾」

だが、賢吾は押し黙っている。

「賢吾？」

「アメリカか……遠いな」

ユウキは、賢吾に笑いかけ、そっと手を握る。

「同じ地球上だもん。いつでも会えるよ」

だが、賢吾は硬い表情のままその手を振りほどいた。

「え」

「俺にはなんの相談もなしなんだな」

ユウキの胸に、チクッと小さな痛みが走った。

賢吾はそのまま目も合わさずに先に行ってしまった。

「なんだ、賢吾。おい、待てよ」

しかたなく追いかける弦太朗。

廊下には一人ユウキだけが取り残された。もやっとした嫌な空気の中に残された感じがする。ちょっと息苦しい。

「酸素が足りないよ」

はやぶさくんパペットが言った。正確には、ユウキが言わせたのだが……。

深呼吸してみるユウキ。よし。少し収まった。気を取り直して教室に向かった。

そんなユウキの様子を離れたところから見つめる男子生徒がいた。

不気味なオーラが漂《ただよ》うしろ姿。なにより不気味なのは、その手に握られている物体だ。黒光りするボディに赤い瞳の眼球のような先端。

ゾディアーツスイッチだった。


始業前の教室は賑やかだ。もはや大騒ぎと言っていい。高校生活も残すところわずかになると、生徒たちも残された時間を満喫し倒すようだ。

賢吾の席は教室のいちばんうしろにある。そのひとつ前がユウキ。ユウキの右隣が弦太朗だ。

先ほどの微妙に気まずい空気をひきずった三人だったが、ユウキは勇気を出して、賢吾に話しかけた。カバンから文庫本を出して、

「賢吾くん。この本、読む？　ライトノベルもたまにはいいもんだよ」

賢吾は機嫌を直した様子ではないが、とりあえず無言でその本を受け取った。

「一気に読めるんだよ。この作者の『伊眼輪《いめわ》からし』って、新人なんだけど超才能あるよ。私も友子《ともこ》ちゃんから薦められたんだ」

「なんだよ、それ。俺にも貸してくれよ」

弦太朗も、二人の緊張状態を緩めねばと、ここぞとばかりに乗っかってくる。

「なになに『わたしのお兄ちゃんは激辛《げきから》★功夫《カンフー》野郎なんだからね』、なんかくだらなそうだな」

「そこがいいんだよ、弦ちゃん」

「弦太朗、お前、字だけの本を読めるのか？」

賢吾が反応したので、ちょっとだけ場がホッとした。

「だいたい二ページ読んだだけで眠くなるな。あっはっは」

でも、賢吾が自分から目をそらしたままであることに、ユウキは気づいていた。

ここで教室の扉がガラッと開いた。

「おはよー、三年B組ーっ」

タカアシガニのような長い腕をシャカシャカふりながら、担任教師の大杉忠太《おおすぎちゅうた》が教室に入ってきた。

大杉はトレードマークのサスペンダーをバチンと鳴らし、起立、礼、着席。生徒たちがそれぞれの席につく。

「高校生活ももう終わりだな。大丈夫かお前ら、やり残したことはないかー。どうだ、アッコ」

ぴしっと指さす。アッコと呼ばれた眼鏡の女生徒は困惑して、

「やり残したこと？　え、え、え、なんだろ」

とたんに挙動不審《きょどうふしん》になって制服中のポケットを探りだした。

「お前がやり残したのは、急にさされたら焦りまくる癖を直すことだ」

探り当てたハンカチで汗を拭《ふ》くアッコ。

「ラムは？」

ラムと呼ばれた茶髪で派手めの顔立ちの女生徒が、半笑いで答える。

「やり残しですかあ、うーん、ファーストキス？」

「嘘《うそ》つけ、お前。いっつも男とチュッチュ、チュッチュ、してるだろ」

教室がどっと沸く。笑い声の中から、

「じゃあ、先生の高校生活はやり残したことなかったんですかー」

と質問が飛ぶ。

「俺の高校生活かあ、俺の呪われた高校生活はなあ」

大杉、悲惨であったろう高校生活を思い出して、勝手に一人で暗くなる。がばっと両手を広げると力強く、

「やり残したこと、しか、ない！」

とおどけた。爆笑に包まれる教室。弦太朗もアハハと笑っていると、

「お前は笑ってる場合か。き、さ、ら、ぎいいいい」

大杉はギョロリと目を剝き、弦太朗のリーゼント頭を摑んでブンブン振りまわした。

「ななんで俺だけっ？」

「進路表を提出してないだろ。お前」

「だから進路決まってないんすよ」

「浪人するでもプータローするでもいいから、早く決めろ」

「んだよ、そんないいかげんな。生徒の大事な将来の問題だぞ」

大杉、乱れた髪を整えながら、落ち着いて問いかける。

「じゃあ、何かやりたいことあるのか」

「いや、それがわからないんっす」

大杉がイラッとする感情を抑えて、もう一度聞く。

「なんかあるだろ、胸の中にあるものを吐き出してみろ。俺に聞かせてみろ。ん？」

弦太朗、しばし考えると、

「モヤモヤ」

「なに？」

「モヤモヤしてます」

「モヤモヤ？」

「はい。モヤモヤしてる！　それが俺の正直な気持ちっす」

「そんなこと、胸張って言うなーっ」

歯を剝き、唾をまき散らし、絶叫する大杉。

「せんせー、朝から弦太朗とのコントはもういいから、授業やってよ」

キリのいいところでショートカットの女生徒から声がかかり、今日のコントは終了となった。

「お、おう」

大杉は弦太朗をヘッドロックから解放し、教壇に戻った。

弦太朗が小声で、

「サンキュー、優希奈《ゆきな》」

「貸しね。今日、実行委員会ちゃんと来てよね」

女生徒の名は高村《たかむら》優希奈。彼女は弦太朗に恋していた時期があったが、修学旅行を境に諦めた。そしてどういうわけか今は、プロム・パーティーの実行委員なんぞを始めたのだった。

ざわついた教室もようやく落ち着き、静かになった。大杉はふと思い出し、

「あ、授業の前にひとつ。体育倉庫に準備されていた卒業式の看板が壊されていた。誰かお前たちの中でいたずらしたやつ、いないか」

「いたずら?」「何それ?」「犯人がこのクラスにいるってこと?」しらっとなる三年B組。

「いやいやいや、お前たちのことを疑ってるわけじゃない。ただ、誰か何か知らないかって聞いてるだけだ」

教室が再びざわざわしだす。

「どうせ不良グループの仕業でしょ」「一年じゃね？　今年の一年、けっこうとっぽい奴ら多いからな」「ね、去年もこんな騒ぎなかった？」「あったあった」「怪人が出たって、新聞部が騒いでたな」「誰だっけ、あのメガネの女の先輩」

弦太朗も思い出した。新聞部で活躍していたあの女子生徒は、天高を深く愛していた。愛しすぎたあまり、卒業したくないから、かみのけ座のゾディアーツになって卒業式とプロムを妨害する、という暴挙に出たのだ。


ゾディアーツ。

それは我望光明が開発したスイッチによって人間が変身した異形の存在だ。そのスイッチには無限の宇宙エネルギー「コズミックエナジー」を物質化する能力がある。人間がそのスイッチを押すとコズミックエナジーが体内に結集し、肉体を強靭《きょうじん》に進化させる。だが、その人間の憎悪や欲望はやがてコントロール不能となって暴走を始めるという恐ろしい副作用もある。

ゾディアーツにはそれぞれ独自の星座、スター・ラインが刻印されており、星座ごとにまったく違った姿かたちと能力を備えている。中でも黄道《こうどう》十二星座を宿した十二体はホロスコープスと呼ばれ、ゾディアーツのトップに君臨していた。どの星座のゾディアーツになるかは、スイッチを押す人間の特質、〝星の宿命《さだめ》〟によって決まると言われている。

今回の事件にあの先輩がまた関係している？　それはないだろう。彼女は卒業後、地方の新聞社に入社して、天職であろう新聞記者をがんばってやっていると聞いた。いまさら母校で後輩の卒業式を壊してどうする。第一、彼女はもうゾディアーツではない。

ならば、新しいゾディアーツが出たのか？

弦太朗は背筋のあたりに冷たいものを感じた。仮面ライダーとして戦いに明け暮れていたときによく感じていた感覚。久しぶりの感覚だった。隣の席でユウキも同じことを考えていたらしく、弦太朗とハッと顔を見合わせる。ユウキが聞く。

「先生、その看板はどんなふうに壊されていたんですか」

「それだよ、城島。ベニヤ板がぐっしゃんぐっしゃんになって、穴がいくつも空いていて、まるで恐竜か何かに噛《か》みつかれたみたいだったらしい……ん！」

大杉も、ゾディアーツの仕業である可能性に気づいたようだ。彼も一応は宇宙仮面ライダー部の顧問だ。賢吾もやはり同じ不安を感じていた。目が真剣だ。

だが、一般の生徒たちはゾディアーツの存在をよくは知らない。それに、天高はおかしな事件がよく起こる学校だったが、ここ半年は何事もなく平和だったのだ。

「やはり天高、ただでは卒業させてくれないか」

賢吾は皮肉っぽく言い、購買《こうばい》で買った天高カレーパンをかじった。弦太朗もユウキも同じようにカレーパンを頬張る。屋上に出て、三人で昼食。今日はカレーパン縛りという趣向なのだ。天高のカレーパンは、外側はサクサクに揚げられて、中にはクリーミーでスパイシーなタイカレーが入っている。パック牛乳との相性が絶妙だ。

「去年の卒業式前もたいへんだったよね。ゾディアーツがいっぱい出てきて」

「卒業間際に荒れるのがうちの高校の伝統ってワケだ」

言いながら、賢吾がパック牛乳を格好よくズズッとすする。

「プロムはさ、大文字《だいもんじ》先輩が美羽《みう》先輩と踊りたくていろいろアピールとかしてたのに、美羽先輩は弦ちゃんと踊りたかったんだよね」

「ああ」

プロム・パーティー、通称「プロム」は、卒業式のいわゆる後夜祭で、卒業生たちが男女一組のペアとなって踊るダンスパーティーのことだ。天高では設立当初からの伝統行事となっている。

「結局、踊ってたよね。夜、観覧車の下で」

「そうだったな」

弦太朗はなんだかくすぐったい気持ちだった。懐かしいな。あれから一年。大人は一年前なんてつい最近のことだと言うが、青春ど真ん中の俺たちにとっての一年は長い。年齢を分母にして考えてみると、十八歳の一年は人生の1／18。三十六歳の一年は人生の1／36。十八歳のほうが重みが倍だ。それに、俺たち仮面ライダー部の高校生活は、普通の高校生よりもちょっとだけ刺激的だったかもしれない。怪人退治やってる高校生なんて、そうはいない。

「そういえば弦ちゃんはプロムに誰を誘ったの？」

「誰も」

と、きょとんとした顔で答える弦太朗。

「なんで？　プロム踊らないの？　高校最後の思い出、作らなくていいの？」

「高校最後の思い出かあ。作ったほうがいいのかな？」

ピンとこない弦太朗。

「弦ちゃんが、学園生活最後の、そして一番の思い出を作りたい相手は？」

「わからねぇ」

「わからねぇ……って」

「進路といっしょで全然わからねぇ！　春はわからねえことばっかりだ」

弦太朗は、賢吾とユウキを指さす。

「お前ら二人はいっしょに踊るんだろ」

「うん。ね？」

ユウキが答えた。アメリカ留学の話を切り出したときから緊張状態にあるが、けんかしたわけじゃない。

だが、賢吾は顔を背けた。

「ユウキ、踊るのはやめよう」

「！　どうして？」

「どうした賢吾」

賢吾はユウキの目を見ないまま、

「お前、俺にアメリカ留学のこと内緒にしてた……」

やっぱり、そこか。ユウキの胸がまたチクッとする。

弦太朗は賢吾の肩に手を置いて言った。

「なんだよ賢吾、まだそんなこと気にしてるのか？　もういいだろ」

賢吾は、顔をトマトのように真っ赤にして、その手を乱暴に振りほどいた。

「よくない！　そんなこととはなんだ！　ユウキ、聞かせてくれ。なんで黙ってた」

「それは……黙ってたのは悪かったけど、でも深い意味があったわけじゃなくて」

「何だ？」

「合格できなかったら、恥ずかしかったし」

思わず吹き出す弦太朗。

「ハハ、そんなこと」

「てゆーか弦ちゃん、私にとっては一大事なんだよ、夢に向けて最初の一歩が踏み出せるかどうかの。超ナイーブな問題なの」

「そ、そうか」

弦太朗には一応飲めた理由だったが、賢吾にとっては違った。

「何も相談してくれないなんて。お前にとって、俺はその程度の存在なんだな」

黙り込むユウキ。

「おいおいおい、高校生活最後にけんかなんかすんなよ。青春の締めくくりだぞ。大事な思い出づくり、やめちゃうのか」

「プロム踊らないお前に言われたくないけどな、弦太朗」

「んだと」

「気にするな。高校生活すべての思い出がなくなるわけじゃない。やめるのはダンスだけだ」

男たちまで揉《も》めだすと、

「じゃあ、もういいよ」

ユウキはクルッとうしろを向くと、駆けていってしまった。

賢吾は、あえてそのうしろ姿を見なかった。そのまま、こみあげてくるせつなさに耐えていた。けんかなんかしたくない。けれど素直にユウキを許せない頑なな気持ちが勝った。弦太朗も親友同士がささいなことで心をすれ違わせるのを見て、いたたまれない気持ちになった。

結局その後、午後の授業の間、賢吾とユウキは口を利《き》かなかった。弦太朗は二人に挟《はさ》まれ、そこに張り詰める重苦しい空気に耐えていた。

ユウキがアメリカ留学を相談しなかったこともわかる。ユウキにとって、宇宙飛行士になるのは絶対の夢、目標なのだ。そのためには何事も厭《いと》わない覚悟がある。こうと決めたら相談などする余地はないのだ。結果として、報告が遅れた、ということだろう。さっきユウキが言った「同じ地球上だもん、いつでも会えるよ」という言葉は本心だろう。どれだけ離れていても心がそばにあれば大丈夫。そう信じているのだ。

一方の賢吾がへそを曲げるのもわからなくはない。いっしょに京都で大学に通うことを楽しみにしていたのに、急に「それ無し」と告げられたのだ。でも……それでもだ。なにか女々しいだろ賢吾。友だちの成功を素直に喜べばいいじゃないか。そんなふうにも思う。

まあ、大人にとってはささいなことでも、俺たちにとっては大問題。そんなことはいっぱいある。文句あるか。それが青春だ。

「実行委員会、先に行ってるから」

ユウキは弦太朗にだけそう囁《ささや》くと教室を出ていった。三人とも放課後は、優希奈に強制参加させられているプロム・パーティー実行委員会があるのだ。

賢吾は表情を変えないが、ユウキが自分には言葉をかけなかったことに心を乱していた。

弦太朗の口からふうっとため息が漏れた。なんなんだこのぎくしゃくした空気は？　大丈夫か、こいつらのプロム・パーティーは？　ふと自分のことも考えた。俺はどうする？　プロムに出るとしたら、俺は誰を誘えばいいいんだ？

思案に暮れながら教室を出た。それに続く賢吾も深刻な表情で考え中だ。二人、完全に心ここにあらずで廊下を歩いていると、誰かにぶつかった。

「あ、悪い」

謝ろうとしたとたん、速射砲の様に文句が降ってきた。

「悪いですみゃ世話ァないよ。まったく、久しぶりに戻ってやったってのに、この高校ときたら安心して廊下も歩けやしないのかい。とよく見たら如月か、道理でうっかりした野郎だと思ったよ」

「おう、鬼島《きじま》か」

鬼島夏児《なつじ》。弦太朗たちと同じ三年生。口が達者な落語研究会の部員で、相手を見下したように嘲笑する男。かつてホロスコープスの一員、蟹座《かにざ》キャンサー・ゾディアーツとして悪事を働いていた。

「でも、そこまで言うか鬼島。お前には貸しがあるだろ。感謝こそされすれ、感謝すれこそされ、あれ？」

「感謝されこそすれ、でしょ。それ〝あの日のこと〟を言っているなら、見当違いもはなはだしい。笑わせるね。アタシは助けてほしいなんて一度たりとも思ったことないよ」

「お前、迎えに来るのが遅い、って言ってなかったか？」

「いーや、自分で気が向いたら帰るつもりだったからね。へへ」

鬼島はいつも自信に満ちている。あの我望理事長に〝異能の男〟と言わしめた超高校級の頭脳と度胸の持ち主なのだ。

そこに偶然、杉浦雄太《すぎうらゆうた》も現れた。前の生徒会副会長だ。やはりホロスコープスの一員で牡牛座《おうしざ》タウラス・ゾディアーツとして、天高に「秩序」をもたらそうとした〝真面目すぎる男〟。

「僕は、如月くんには感謝しているけどね。だって鬼島くん。実際無理だろう。フォーゼのあの能力に頼らなければ、僕たちは宇宙で命を終えるしかなかった」

「いや、牛のあんたは『モー無理』と言ったかもしれないが、アタシは違う」

「そうカニ？」

意外な杉浦の返しだ。

「あれ、牛クン意外と言うね。真面目そうな顔して」

いきなり始まった異色漫才を聞きながら、弦太朗は二人を宇宙から連れ帰った〝あの日のこと〟を思い出していた。

2

あの日。空間が歪《ゆが》むと突然、二人の仮面ライダーがそこに現れた。

フォーゼ・コズミックステイツとメテオだ。コズミックステイツの武器・バリズンソードにはワープドライブによる空間跳躍能力があり、地球から宇宙空間に一瞬にして移動することができる。

そこは白い壁と計器に囲まれた空間。静寂の中、動き続ける精密機械の音だけが響いている。なによりも特徴的なのは、重力がないことだ。二人は浮いていた。

窓の外、遠くに、青く明るい地球が見える。

二人がやってきたのはM《エム》－BUS《バス》と呼ばれる白い人工衛星だった。もともとは、我望の右腕であり乙女座《おとめざ》ヴァルゴ・ゾディアーツだった江本《えもと》教授が、ＯＳＴＯの技術と資金で作ったものだ。

だが、江本は己の過ちに気づいて我望を裏切った。我望の野望を阻止するために「反ゾディアーツ同盟のタチバナ」という架空の存在をでっち上げ、秘かにメテオをバックアップしていたのだ。そのための活動拠点がこのM－BUSだった。ここはいわば反逆者・江本の独り用秘密基地。彼亡き今、この施設の全貌を知る者は誰もいない。

「おりゃ」

フォーゼが変身解除して、弦太朗になった。オレンジ色のツナギ姿で、背中には「友情」の二文字がプリントされている。

「おい、弦太朗！　今も空気があるかどうかは、わからないんだぞ」

メテオが慌てると、弦太朗も自分の早計さに気がつき、「あわわわわわ」と慌てる。息をすーはーすーはーしてみるが、

「息できる。大丈夫。大丈夫だ、流星《りゅうせい》」

「まったく、勘弁してくれよ」

メテオも変身解除する。端整な顔立ちの少年、朔田《さくた》流星になった。弦太朗と同様オレンジの船内用ジャンプスーツを着用している。

流星は星心大輪拳《せいしんだいりんけん》の達人で、名門・昴星《すばるぼし》高校の三年生だ。かつては、反ゾディアーツ同盟のスパイとして天高に交換編入し、弦太朗たちの動向を探っていたが、今では共にゾディアーツと戦う弦太朗の親友だ。

江本教授、すなわち乙女座ヴァルゴ・ゾディアーツは、作戦に失敗し用済みとなったホロスコープスを、脱出不能の宇宙の牢獄《ろうごく》・ダークネビュラへ送っていた。だがそれは我望を欺《あざむ》く建て前で、実際は、戦いが終息するまでM－BUSの中で彼らを冷凍睡眠状態にして保護していた。ホロスコープスも我望に利用されていたにすぎない。我望の命令のまま

彼らを殺すことなど、江本にはけっしてできなかった。

今もまだ、鬼島夏児、杉浦雄太、それともう一人、園田紗理奈《そのださりな》の三人が保護されているはず……。

フォーゼとメテオは彼らを助けに来たのだ。


移動ハッチを開き、奥の部屋へ泳いでいく二人。無重力の中ではどちらが上でどちらが下かわからない。潜っていくような、昇っているような、不思議な感覚。

「おーい、園ちゃーん、鬼島ー、杉浦ー、どこだー？」

「呼んでも無駄だろう。きっと返事はできない状態だ。俺と友子ちゃんも一時的にその措置を施されたことがあるが、特殊な装置の中で眠っているはずだ」

「そっか、お前は来たことあるんだもんな。でもなんか名前呼ばないと、人探ししている感じしないだろ」

「じゃあ、好きにしろ」

ぷかぷかと浮きながら、

「そういや弦太朗」

流星がやや真剣な面持ちで切り出した。

「例の件、考えてくれたか」

「インターポールの捜査官をいっしょに目指そうって話か？」

「ああ。インガの話ではインターポールは俺だけじゃなく、お前にも興味を持っているらしい」

インガ・ブリンクは、「宇宙鉄人事件」の際、弦太朗や流星といっしょに戦ったアリシア連邦の女工作員。いわば戦友である。流星とは今でも連絡をとりあっているらしい。

「俺も最初は、俺自身というよりメテオシステムが欲しいだけかと疑っていたが、そうではないらしい。インガはそのあたりのことは秘密にしてくれている」

「世界の平和を守るんだよな」

「平たく言うとな。やりがいはある」

「うーん。でも、なんか違う気がするなあ」

「組織の一員になるのが性に合ってないのか」

「俺は仮面ライダー部の一員だぞ。そんなことはねえ」

流星は、仮面ライダー部とインターポールをいっしょにするのもなんだが、と思いつつ、そこはさらりと流して、

「じゃあ、なんだ」

「わからねえ、でも、なーんか違う」

弦太朗のことだ。自分の中でピンとこない限り、強引に誘ったところで意味はない。流

星は潔く諦めることにした。一方弦太朗は、何も決められずにいる自分に対して、流星が確固たる意志で進路を決めていることに焦りを感じた。

そんなことを考えながら二人が遊泳していると、弦太朗は変なものを見た。

壁の計器類の一部、銀色のパネルがブルンと二重にブレたかと思うと、そのブレだけが横にすっと動いたような気がしたのだ。金属が分裂したかのような、不思議な感じ。驚いて見直すが、特に異常はない。気のせいか？　だがそのとき、弦太朗の心に何かがビビッときた。うまく説明できないが、うっすらとした違和感。

「どうした弦太朗」

「いや、今、そこになんかいたような気がしたんだけど」

「まさか、ゾディアーツか？」

「いや、たぶん違う。そんな感覚じゃなかった」

「機械が動いているのを見たんだろう。そこかしこで何か作動している。M－BUSは全自動で維持している無人の人工衛星だからな」

弦太朗は、これまでの戦いの中で自分の直感に何度も助けられてきた。その彼の感覚が今、奇妙なサインをキャッチしている。だが、それは何なのか。良いものなのか、悪いものなのか、それさえハッキリしない。

ハッキリしないなら、それが何かハッキリしたときに、どうするか考えよう。それでいいだろ。弦太朗はまずはそう収めた。それが彼のやり方なのだ。

こつん。浮遊《ふゆう》しながら考えていた弦太朗のリーゼント頭が壁にぶつかった。透明な小窓のようなものがある。覗くと、そこに美しい女性の寝顔が見えた。

「おおおおお！　見つけたぞ。園ちゃんだ」

人間の体がぎりぎり入るくらいの筒状のカプセルが壁に埋め込まれていて、その中で園田紗理奈は眠っていた。

天高二年B組の元・担任教師で蠍座《さそりざ》スコーピオン・ゾディアーツだった女。かつて弦太朗たちは自分たちの担任が生徒たちに悪しきスイッチを密かに渡していたホロスコープスとも知らずに、「園ちゃん」と呼んで慕っていた。今ですら、園田が憎たらしい敵だという印象はあまりない。ホロスコープス随一の格闘術の持ち主であり、猛毒の使い手であったスコーピオンにはさんざん苦しめられたのだが、あの恐ろしい蠍怪人がじつは担任の女教師だったとはいまだに実感がわかないのだ。ずっと正体を隠されていたからか。弦太朗は今、無重力の中で浮かびながら、静かに眠っている園田の顔を見て不思議な感慨にとらわれていた。この女教師はいったいどんな気持ちで毎日俺たちに接していたのだろう。

「おい、噺家《はなしか》野郎はこっちにいたぞ」

鬼島夏児の入ったカプセルは園田の向かい、逆の壁に埋め込まれていた。見ると鬼島の隣には、杉浦のカプセルもあった。

「よし、全員見つけたな。で、流星。このカプセルどうやって開けるんだ？」

「知らん」

「え、知らないの」

「まあ、なんとかするしかないだろう」


流星が併設されたキーボードをあれこれ操作していると、ポーンと音が鳴り、杉浦のカプセルが開いた。天高きっての文武両道優等生はグレーのタンクトップにショートパンツという出で立ちだ。どうやら完全に覚醒《かくせい》するまでに多少時間が必要らしい。まぶしそうに眼をショボショボさせている。「おい、起きろ。杉浦」と、やや乱暴にぺちぺちと頰を張る流星。

「う、うーん」

「まあいいか、ゆっくり起きろ」

寝ボケ顔の杉浦をそのままふわふわと浮かばせておく。

弦太朗は園田のカプセルと奮闘中。

「おい流星、こっちも開けてくれ」

流星は要領を得たようで、キーボードの上で指を踊らせると、今度はカプセルが簡単にオープンした。園田の瞼《まぶた》がかすかに動き、ゆっくり開いた。薄目でまぶしそうにしている。

眠れる森の美女が目覚めようとしているかのような可憐《かれん》さに、弦太朗が見とれていると、園田が気づいた。

「だれ？」

弦太朗は、爽やかな笑顔で声をかけてみた。

「おはよう」

「我望さま……？」

弦太朗の笑顔が消えた。そうなのだ。彼女はホロスコープスなのだ。なにより彼女はライダー部との「戦争」の最中に離脱している。いわば、感覚的にはまだ戦時下。だが、自分を処刑した首領の名前を思わず呟《つぶや》くのが、哀しい。

「あなた、如月……弦太朗？」

「ああ」

「フォーゼ。貴様ァ」

憎しみのままに弦太朗に摑みかかってこようとする園田だったが、特殊睡眠から目覚めたばかりで、筋肉が脳の伝達どおりに機能しない。よろめいて体勢を崩すと、無重力の中で浮遊する。思わず腕を摑んで引き寄せる弦太朗だったが、意外なほどひんやりとした冷たさと華奢《きゃしゃ》でもろそうな肌の感触に、軽く驚く。

「そ、園ちゃん、聞いてくれ。ホロスコープスはもう解散した。俺たちと我望理事長との戦いは終わったんだ。最後には理事長ともダチになったんだ」

「何を言っているの？」

園田の意識はまだ朦朧《もうろう》としている。吐き気もする。

弦太朗は手を差し出して、

「だからもう俺たちはダチなんだ」

と握手をしようとする。

が、園田は苛立ちを隠さずにカプセルをガツンと蹴りあげた。この憎たらしい男子生徒は私に何を言ってるんだ？　吐き気がする。ダチ？　友だちのことか。ホント吐き気がする。

弦太朗が、ふうとため息をつく。

「無理ねえか。急に戦いは終わったって言われてもな」


一方の流星は、目の前のカプセルの中で眠る鬼島夏児を素直に目覚めさせる気がしなかった。口から先に生まれたようなおしゃべり野郎でふざけた奴。紛れもなく強敵だった。自力でゾディアーツ究極の力、「超新星」の力を得た天才。鬼島が超新星キャンサー・ノヴァに覚醒しなければ、メテオもメテオストームに進化することはなかったかもしれない。

「こいつだけは眠らせたまま置いていくか。なあ、弦太朗」

流星はいたずらっぽく笑って弦太朗のほうを向く。

その瞬間、カプセルの中で鬼島の目がくわっと開くのが見えた気がした。

「なにっ」

驚く流星。だが、よく見直すと、鬼島の両目はぴたっと閉じたままだ。

「気のせいか」

ふざけんなよ、この野郎。そう言っている目つきだったような気がしたが……。

ポーン。結局開けた。

「流ちゃんも如月も人が悪いねえ。さっさと迎えに来てくれればよかったのに」

目覚めた鬼島は開口一番、そう言った。無重力の中であぐらをかいて、おどけている。

その鬼島の様子を鋭い眼で見つめる流星。今度は杉浦のほうを向き、

「杉浦、どうだ。事態は呑《の》み込めてるか」

「え、ああ。でも、まだ少し頭がぼうっとしてるよ」

「だろうな。たぶんそれが普通だ」

流星が見たところ、鬼島だけは特殊睡眠から目覚めた後、意識が明瞭化するのがずいぶんと早いような気がする。さっきも解凍する前に、目を開けたように見えた。気のせいかもしれないが。

「お前だけずいぶん寝起きがいいんだな、鬼島。この状況に驚いた様子もない」

「なんだい、絡むねえ。この寝起きドッキリ仕掛け人は。アタシがおいしいリアクションしなかったのが、そんなにご不満かい？」

「ああ。貴様は地獄大喜利《じごくおおぎり》とかぬかして、俺たちにさんざん悪さした。こういうときには見本を見せてちゃんと笑わせてくれないと困る」

「は？　こちとら笑いのセンスのない客は願い下げなんだよ、流ちゃん。ライダー部の奴らときたらどいつもこいつもおもしろくなかったが、親友を助けるためにライダー部を利用する男なんてのは、如月、お前さんだって笑えなかったんじゃないかい？」

「ホワチャー」

流星の拳がビシッと鬼島の顔面をヒットした。驚く一同。流星はさらに鬼島の胸倉を掴むとグイッと顔を近づける。いつもは涼やかな瞳が、怒りでギラギラしている。

「このカニ野郎。刺身にしてもらいたいか」

「鍋がいいね。やっぱり」

真顔で答える鬼島。

「あーあ、相変わらずだねえ。すぐカッとなって。それ、あんたの弱点だよ？」

殴られて口の中が切れたようで、血をぶっと吐き出す。だが、ここは無重力。血は流星を馬鹿にするように、ぷかぷか浮いた。流星はさらに殴りかかりそうになるが、今度は弦太朗が間に入った。

「おいおい、こんなところでけんかすんな。もう帰るぞ」

フォーゼ・コズミックステイツになった弦太朗が、周囲を見回していった。

「やり残したことはないな、みんな。記念写真も大丈夫だな」

気の良い杉浦が弦太朗のジョークに付き合って微笑を浮かべた以外は皆ノーリアクション。流星と鬼島は機嫌が悪いし、園田は体の具合も悪そうだ。

バリズンソードにコズミックスイッチを挿すと、槍《やり》の切っ先にエナジーが集まりワームホールが生まれる。狭いM－BUS内が強い光に照らされる。

「さあ、みんな。俺に摑まれ。流星は園ちゃんを頼む」

「わかった。さあ」

流星が園田を左手で抱きかかえ、右手をフォーゼの腰に回す。鬼島は×印マークの右脚、杉浦が三角マークの左脚にそれぞれしがみついた。皆の体勢が万全か確認するフォーゼ。園田の顔が白い。だいぶ具合が悪そうだ。

「園ちゃん、すぐ着くからしっかりかりな」

園田が返事の代わりに、フォーゼをちらりと一瞥《いちべつ》する。その眼に何か妙な違和感を感じる弦太朗。

「いつまで待たせるんだい、運転手さん」

「…………」

鬼島が文句を言うので、違和感の追求は後回しにすることにした。違和感の正体がハッキリしないなら、ハッキリしたときにどうするか考える。それが弦太朗のやり方なので。

「よおし、しっかりしがみついとけよ。穴の途中で手を離したら、どこ行っちゃうか俺にもわからないぞ。助けに行けねえからな」

おりゃっ、と全員で光る渦の中に飛び込んだ。

3

かくして鬼島と杉浦は無事に天高に復学。卒業を間近に控えている。

弦太朗が訊く。

「杉浦、そういえばお前、進路どうすんだ」

「大学行って、政治を学ぶよ」

「そうか。進路は政治家か」

政治を勉強する人は政治家になり、法律を勉強する人は弁護士になり、文学を勉強する人は小説家になるものだ。弦太朗の発想は単純である。

鬼島が口を挟《はさ》んできた。

「アタシには進路聞かないのかい」

「お前はプロの落語家になるんだろ」

弦太朗は、そこに至る道程や詳細には興味がないらしい。白ける鬼島。

杉浦が、そういえば、と、

「園田先生は実家に帰ったらしいね。ホロスコープスの結末にはかなりショックを受けていたようだけど」

「園ちゃんの実家って、どこだ？」

「知らないけど……ずいぶんな田舎だって聞いたことがある」

「ふーん」

「もう僕は行くよ。またね、如月くん」

賢吾が「俺たちも行こう」と弦太朗を促す。そうだった、プロム実行委員会に行く途中だったのだ。思い出話に花が咲きすぎた。あわてて駆け出そうとしたそのとき、鬼島がぼそりとつぶやいた。

「ヤバイねえ、ゾディアーツ」

「ゾディアーツがどうした」と賢吾。

「あれ、ご存じない？　最近また出没してるらしいってのに、知らずに卒業しようたァ気楽だね。学園と地球の平和を守る仮面ライダー部も、有名無実となりにけりだ」

「何か知ってるような口ぶりだな。どういうことだ。教えろ」

「ふん」

鬼島得意の人を喰った一瞥《いちべつ》。そのまま、何も答えず小唄交じりに去って行ってしまった。

弦太朗と賢吾は顔を見合わせる。

天高は、ただでは卒業させてくれない。その予感がいよいよ真実味を帯びてきた。

学園の中庭。二十人くらいの生徒たちがジャージ姿で、立て看板や横断幕をペンキで書いたり、各々の作業をしている中、高村優希奈がメガホンで演説をしている。

「そこでは誰もが主人公。甘酸っぱくて最高に美しい夜。それがプロムよ」

誰一人まともに聞いていないが、そんなことに構う優希奈ではない。

「プロムは選ばれた人たちだけの祭典とか、負け組は悲惨とか、そんな批判もあるけど、恐れないで。光と影、それこそが青春じゃない。プロムは青春そのものなのよっ。イエイ」

女版の弦太朗と異名をとる優希奈が、彼女らしい独特なノリで青春讃歌を歌い上げるのを聞きながら、ユウキは正面ステージに飾る予定の「ＰＲＯＭ」とかわいく下書きされた大看板にペンキを塗っている。そこに、リーゼントをかき上げながら合流する弦太朗。作業用に、ジャージに着替えてきている。

「優希奈のやつ、相変わらず張り切ってるな」

「そうなんだよねえ、毎日同じようなこと言って盛り上がってるけど、何かあったのかなあ」

「あれか、彼氏が出来たのか」

「ん〜、どうだろ。でも『弦ちゃんラブ』はもう諦めたんだね。修学旅行の一件以来」

「あのアタックにはホント参ったぜ」

賢吾も来て、

「いや、高村のやつ、諦めてなかったらどうする」

「え？」

「お前への想いを成就させるためのステージとして、このプロム・パーティーを段取っているとしたら？」

「まさか優希奈のヤツ、そんな妄想を？　……ありうる」

　ゾッとする弦太朗。その様子を見て、あははと笑う賢吾とユウキ。だが冷戦中であることにハッと気づき、笑うのをやめて顔を背ける。ギクシャクした二人の様子を見て、弦太朗はやれやれ、とため息をついた。そんなことにはお構いなしに、優希奈のテンションの高い檄《げき》が飛ぶ。

「気合入れて準備してよ。今年のプロムは豪華客船を貸し切っての船上パーティーなんだからねっ。イエイ！」

　生徒の中に富豪の令嬢がいるので実現した夢の企画だ。親が、娘のためにプロムのスポンサーとして多額の寄付をしたのだ。その娘とは、実行委員の一人で弦太朗たちのクラスメイトでもある平良《たいら》すみえだった。ライダー部初代部長・風城《かざしろ》美羽といい、大文字隼《しゅん》といい、天高にはこうした大金持ちの子息も多い。もちろん大多数はごく一般的な家庭の子供たちなのだが、世界的な著名人である我望光明の創設した高校だけあって、教育熱心な富裕層からの支持が厚いのだ。そして父兄の間では学園に多額の寄付をすることが一種のステイタスになっている。プロムが年々華美になっていくのもそのためだ。

優希奈は一人で作業していたすみえのもとに駆け寄って、肩を抱きよせる。

「ありがとう、すみえ！　私のために！　みんなで最高のパーティーにしようねっ」

「う、うん」

あいつ今、「私のために」って言わなかったか？　不安が膨らむ弦太朗だった。

華やかなプロムも、準備はひたすら地味な裏方作業だ。みな、楽しそうな様子もなく、ひたすら仕事をこなしている。

彩色用のペンキがなくなったので、弦太朗が別のグループから借りてくることになった。

先ほどの平良すみえが、一人黙々と、「会場はこちらです」という矢印看板を書いている。

「よお、すみえ。ちょっと赤のカラーペイント貸してくれないか？」

すみえは恥ずかしそうに下を向いた。

「お前の父ちゃん、すごいな。船借りてくれたんだって？　ありがとな。全校生徒を代表して礼を言うぜ」

とまぶしい笑顔を見せる弦太朗。

だが、礼を言われて、すみえはさらに顔を伏せた。赤い缶を刷毛《はけ》でぐるぐるとかき混ぜ続けている。

「……うう……うう」

すみえは思っていた。

苦手だ。この弦太朗のような屈託のない人種とはどうしてもうまく話せない。優希奈もこいつも、他人の領域に踏み込むことになんの抵抗もないのだ。そして、うまく話せない自分にもイラッとする。

「？」となる弦太朗だったが、

「いいのか？　じゃあ、これ借りてくな」

弦太朗が赤い缶をもって行こうとすると、神経質そうな男の声が引き留めた。

「ちょっと待ちな、如月くん」

見ると、寝ぐせにメガネ。牧瀬弘樹《まきせひろき》だった。

牧瀬は元・天文部で、ユウキにつきまとっていたストーカーだ。爆発力のあるキモヲタで羅針盤座《らしんばんざ》のピクシス・ゾディアーツになって、多数の女子生徒をバスで誘拐しようとした前歴がある。だが、今はもう更生しているはずだ。

「おう、牧瀬。お前も実行委員だったのか」

「左様。頼まれたからには責任があるゆえ。それより今、その赤色をこのシマから持っていかれては困るよ。使っているんだ」

「すみえは、いいって言ったぜ」

「いや言ってない。そもそも彼女はNOと言えない人種なんだ。YESかNOかはこっちが汲《く》み取ってあげねばならんのだ。君みたいなグイグイ来るタイプには理解しがたいだろうがね」

「そうなのか？　すみえ」

まったくそのとおりだった。が、牧瀬のようなキモヲタにわかった風なことを言われるのは腹が立つし、ズケズケと「そうなのか」と聞く弦太朗にも腹が立つ。なにより、こんな状況を作ってしまっている自分とその自意識に腹が立つ。

すみえの顔はかわいそうなほど真っ赤になり、ついには細かく震えだした。

「うう……」

弦太朗は改めて、というか、ほとんど初めてこの目立たないクラスメイトのことを意識した。そっか。そんなつもりはなかったけど、こいつを困らせちまってたのか。猫背ぎみに体を丸め、度の強いメガネをかけている女の子。プロムの件が話題になるまで、すみえがそんな金持ちの令嬢とはまったく知らなかった。すみえはもともと、教室の隅で他人になじまず、趣味のボトルシップ（！）を黙々と作っている渋いタイプのオタク女子だ。プロム実行委員も、優希奈に強引に誘われてＮＯと言えなかっただけなのだろう。

ここだけの話、実行委員には「プロムに積極的じゃなさそうな地味タイプ」が多い。優希奈自身は手当たり次第に声をかけていたのだが、それに応じて実行委員になったのは弦太朗たちのようなお人よしか、彼らのような内向的なタイプだったというわけだ。ダンスの相手が見つからないよりも、戦線離脱して裏方に回ったほうが傷つかずに済むということか。牧瀬なんてモロにそんな印象だ。

「悪かったな、じゃ、使い終わったら貸してくれ」

弦太朗がペンキ缶を返して戻ろうとすると、今度は、中庭の作業場に優希奈の声が響いた。

「ちょっと、嫌がらせしないでよ」

見ると、優希奈が金髪の女生徒と揉《も》めている。女生徒の名は坂本遼子《さかもとりょうこ》。パンクな不良少女だ。眉と唇にピアスが刺さっていて、それが彼女の生き様を表している。遠巻きに見ている実行委員たちが「また来たよ」「なんでアイツ、ここに来るの?」とヒソヒソ言い合っている。だが、「何だよ」とすごむ遼子と目が合うと、皆あわてて視線をそらした。馬鹿にしたように舌をだす遼子。その舌は蛇のように二つに割れている。スプリットタンというものらしい。これでたいがいの生徒はブルッてしまうのだが、優希奈は引かない。

「謝ってよ、坂本さん」

優希奈が指さした足もとには立て看板。そこに、遼子が踏んだのであろう足跡がついている。故意にガシガシ踏み歩いたような跡。

「邪魔くせんだよ！　こんな公共の場に看板広げてお絵かきなんかしやがって。そっちが手ぇついて謝れよ」

遼子が優希奈をドンと小突いた。他人に暴力をふるうことになんの躊躇《ちゅうちょ》もないのだ。

「坂本さん、なんであなたが嫌がらせを続けるのか知らないけどね、プロムはれっきとした学校公認の行事なのよ。これ以上妨害行為を続けるなら、学校に言いつけるわ」

「うっせぇ！」

ノーモーションで繰り出した遼子の拳が優希奈の顔面にヒットするその寸前、弦太朗の掌が横から伸びて、バシッとガードした。

「おい。やめとけ。お前、D組の坂本遼子だな」

「如月弦太朗か……」

遼子が見回すと、ユウキや賢吾、ほかの生徒たちも彼女の周りを取り囲んで非難の目で見ている。手を乱暴に振りほどくと、鋭い眼で弦太朗を見つめる遼子。

「如月、お前もそんなにプロムやりてえのか。こんな滑稽で醜悪なイベントをよ」

弦太朗に注目が集まる。

「甘い思い出も、苦い思い出も、セットになってるのが青春ってメニューだ」

得意の青春格言だ。

「プロムだって食わないよりも食ってから後悔すればいいじゃねえかと俺は思う。でも、もしお前が食いたくなけりゃ、食わなけりゃいい。それは勝手だ。ただ、楽しみにしている奴らだってたくさんいるんだ。妨害するのはやめてくれ」

イラッとした遼子の右手が動いた。ポケットから凶器を取り出して弦太朗に殴りかかる、かのように見えたが、しなかった。代わりに嘲笑を浮かべ、割れた舌を出す。そして諭すようにゆっくりと言った。

「プロムの存在自体に苦しめられている奴だっているんだ」

すみえはさっきからずっと俯《うつむ》いたままだ。牧瀬も神妙な顔つきで聞いている。

「白けちまった。帰るわ」

遼子はくるっと背を向けると、手を挙げて去って行った。

「………」

賢吾は気づいていた。遼子がポケットに戻した手の中に、たしかにゾディアーツスイッチが握られていたことに。

遼子も最初は「プロムもありかな」と思っていた。

アタシ、そんな柄じゃないけど、もしアイツが誘ってくれたなら踊ってもいいかな。

遼子が惚《ほ》れた男子生徒はサッカー部のレギュラーで成績も優秀な人気者、「ジョックス」の典型だ。一方の遼子は「フローター」。すなわち、はぐれっ子。女王グループを中心としたヒエラルキーに縛られない一匹狼で、不良がかっている。そんな二人が似合いのカップルじゃないのは、遼子も重々承知だ。だが家が近所で、もともと幼なじみ。二人の間に壁はなかった。なんでも話せる間柄だったのだ。単に、友だちでいた時間が長すぎて、恋人になるタイミングを逸しているだけ、遼子はそう思っていた。だが、友だち以上恋人未満の微妙な間柄をこじらせているうちに、ジョックスくんの友人のサッカー部員たちがよけいなことを言い出した。

「あんな不良娘、お前には似合わないぜ。お前はキング格の男。クイーンレベルの女子と付き合うべきだ」と。

その結果、ジョックスくんはかわいさでは学年で三本指に入る広田玲子《ひろたれいこ》という女生徒と付き合いだした。一年の時からクイーンフェスの優勝候補になっていた美少女だ。プロムもどうせ、その彼女を連れて来て踊る。そんなプロム、やってられない。なくなってしまえばいい。

というか、なくしてやる。「あの力」さえあればたやすいことだ。

「おい」

突然声をかけられて遼子が振り向くと、賢吾が一人、颯爽《さっそう》と歩いてきた。後をつけてきたのか。委員会が終わっての帰り道、あたりはすっかり薄暗くなっていた。人気《ひとけ》のない通りだ。

「なあ、坂本。君はスイッチを持っているのか」

「‼」

遼子は驚いた。コイツ、「あの力」のことを知っているのか。

「持っているなら俺によこせ。あれは危険だ」

よこせ、だと？　ふん。こいつ、アタシの敵か。遼子はゾディアーツスイッチを取り出すと、指を赤いボタンにかけ、挑発するように見せつけた。

「どう危険なんだい」

「そのゾディアーツスイッチは、コズミックエナジーをマテリアライズする力を直接人体に作用させる。人の身体をゲノムレベルで強制分解、再構築させて怪物化させるんだ。使用しているうちに君の精神にも異常をきたす」

「言ってる意味が全然わからないね。日本語でしゃべんな」

親指に力を込め、ボタンを押し込む遼子。どこからか集まってきたエネルギーが身体の中に流れ込んで、自分が自分でない何かに変化していく快感が駆け巡る。

遼子はゾディアーツに変身した。

二メートル以上あるだろうか。全身黒ずくめでかなりの大きさだ。クジラか恐竜か、とにかく巨大な生物の肋骨《あばらぼね》のようなものが両脇腹から無数に突き出している。身体のスター・ラインを賢吾が素早く確認した。

「星の配列は竜骨座《りゅうこつざ》……カリーナ・ゾディアーツか」

巨大な肋骨部分が、それ自体が意思を持つ生き物かのように、ガシガシと動きだした。

賢吾は今朝の大杉先生の言葉を思い出していた。破壊された看板は恐竜に噛みつかれたような跡があったと言う。なるほど、あの肋骨で挟まれたら、そんなふうになるかもしれない。

「へえ。あんた、アタシのこの姿を見てもビックリしないんだ？」

「君みたいな輩は、ある程度見慣れている。自分を特別な存在だと過信しないほうがいい」

「ムカつくね。どうなっても知らないよ」

言い終わるやいなや、バッと肋骨を広げてカリーナが賢吾に襲いかかってきた。奇怪な姿で有名なエイリアンフィッシュの口のようだ。慌てて避ける賢吾。ガブリ！　背後に設置されていた缶ジュースの自動販売機がクラッシュした。ボトボトガラガラ。中から缶がこぼれ落ちる。

「相当な破壊力だな」

賢吾はソフトクリームを取り出した。

もとい。ソフトクリームの形をしたアイテムを取り出し、スイッチをセットして起動させた。フードロイドのソフトーニャだ。超低温の風を吹き付けて攻撃する。だが、カリーナは意に介さず襲ってくる。ガブリ、ガブリ、ガブリンチョ！　やばいな、ここはいったん退避だ。賢吾にめずらしく焦りが生じ、足がもつれて転倒する。

「くそっ」

カリーナがゆっくりと近づいてくる。さっきまでただの女子高生にすぎなかったのに、怪人になったとたん、こいつは本気で俺のことを殺す気になったのか？　ここで死んだら京都の大学生ライフもくそもないな。しかし、ユウキのヤツ。なんで俺にアメリカ行くことを何も相談してくれなかったんだ。

「待って！」

ユウキの声だ。息を切らせたユウキが賢吾と怪人の間にバッとたちふさがった。

「ユウキ⁉」

「なんだ城島、お前が戦うのか」

カリーナが凄む。

「ううん。戦うのは、仮面ライダーよ」

「何ィ？　仮面ライダー？」

「早く！　こっち。変身よ、弦ちゃん」

遅れて弦太朗がやってくる。

「賢吾。お前、勝手に単独行動すんなよ。あぶねえだろうが」

ふてくされる賢吾だったが、安堵《あんど》の色は隠せない。

弦太朗は不敵に笑うと、フォーゼドライバーを取り出した。半透明のボディに備え付けられた赤いスイッチが四つ、さらに四基のソケットに各々アストロスイッチがセットされた、スイッチが計八つのアイテムだ。それを腹部にあてると両脇からベルトがシュルッと出てきて装着。弦太朗は、ピン、ピン、ピン、ピンと四つの赤いスイッチをオンにすると、左の拳をぎゅっと握り、右耳の横にビシッと構えた。機械ボイスでカウントダウン開始。

『3《スリー》』

『2《ツー》』

『1《ワン》』

右手でレバーをガシャンと押し込む。

「変身！」

コズミックエナジーのリングが頭上に発生し、足もとからパワーが上昇していく。弦太朗の身体を内部から強化させ、表皮を宇宙服のような形状に変質させるのだ。力が注ぎ込まれて、自分が変わっていく感覚がする弦太朗。初めてこの変身を体験して以来ずっと、その感覚は弦太朗に「宇宙そのもの」を感じさせた。宇宙が身体の中に注ぎ込まれてくる感覚。いつも興奮が抑えきれなくなる。だから弦太朗は、思わずこう叫ぶのだ。

「宇宙キタ——————!!」

フォーゼに変身した。ロケットのようなトンガリ頭に、白い宇宙服のようなボディ。

「仮面ライダーフォーゼ、タイマンはらせてもらうぜ」

フォーゼはカリーナに突進していった。普段の生活で弦太朗が女子に手をあげることはない。そんなことはもってのほか。絶対にしない男だが、相手がゾディアーツとなると話は違う。コズミックエナジーによる肉体変質を経て超人化した者同士、相手に性別は関係なくなる。容赦などしていられない。カリーナにケンカ殺法のパンチを叩《たた》き込んでいく。

「ぐおっ」

悶《もだ》えるカリーナ。

フォーゼになるといつも、誰にも負ける気がしない無敵感が身体の中から溢れ出してくるのを弦太朗は感じる。一挙手一投足が半端なくキレキレになる上、通常の何十倍ものパワーを攻撃に込めることができる。その実感がある。

カリーナはたまらず、前に張りだした巨大肋骨でフォーゼの攻撃をガードし始めた。同時に抜け目なく攻撃もしかける。フォーゼを串刺しにすべく肋骨の先端を突き立ててきた。やっかいな攻撃だ。

「それならこいつでどうだ」

フォーゼは、ドライバーからランチャースイッチを外して、代わりに別のスイッチを入れてオンにする。

『チェーンソー、オン』

ベルト音声が独特のメロディに乗せて、新しく起動させたモジュール名をアナウンス。フォーゼの右脚に、水色のチェーンソー・モジュールが換装された。

「ふん」

弦太朗が念を込めると、足もとのその物騒な刃物がウイイインと始動。襲い掛かってくる肋骨に斬りつけた。だが、骨の表面はギリッギリッと少しは削れるものの、ほぼノーダメージ。相当に硬い肋骨だ。チェーンソー攻撃もすべてはじかれてしまった。

「カルシウムが半端ねえな」

「如月弦太朗、お前むかつく」

カリーナは突然うつぶせになると、肋骨をさらに伸ばして蜘蛛《くも》の脚のように変化させた。今度はそれをガシガシと地面につきたてながら、頭の角を凶器にして突進してきた。さながら手負いの闘牛のようだ。動きもビックリするくらい速い。

『ロケット、オン』

フォーゼはロケットモジュールを発動させて飛び上がり、間一髪攻撃を回避した。見ていたユウキも賢吾も胸をなで下ろす。フォーゼは右腕のロケットモジュールに念を込めてパワーを出力させた。上昇。上昇。そして上空で方向を変えると、今度は急降下。カリーナに向かって回転しながら突っ込んだ。

「くらえ、フォーゼきりもみロケットパーンチ」

弦太朗は技に勝手に名前をつけるのが好きなのだ。そのとっておきの技をくらって吹っ飛ぶカリーナ。後方のブロック塀に激突した。

「むかつく！　チマチマと手足を変えやがって」

カリーナの怒声に、賢吾が得意げにつっこむ。

「それがフォーゼだ。文句あるか」

弦太朗はフォーゼとして戦い慣れている。遼子にもけんかの心得はあったが、実生活でもゾディアーツ相手のけんかでも弦太朗はキャリアが違う。フォーゼのほうが完全に格上だった。

「なあ遼子、お前も進路が決まらなくて、モヤモヤしているクチか？　だからこんな破壊活動して、遣り切れない想いを発散してるのか」

「はあ？　進路？」

「いや、ちょっと個人的に興味があってリサーチしてるんだ」

「そんなのとっくに決まってるよ」

「え、そうなのか」

「そりゃそうだろ。もうすぐ高校卒業だっていうのに、進路決めてなくてどーすんだよ。決まってないほうがおかしいだろ」

「だよな。そうだよな〜。で、どうすんだ？　進学か」

「理容専門学校いくんだよ」

「床屋さんやるのか」

「美容師だよ。ただ、お前のダサいリーゼントをいじる気はねえよ」

一瞬、なごんだかのような両者のバトルだったが、

「でも、卒業前にやることがある」

ドスの利いたカリーナの言葉に再び緊張が走る。

「プロムをぶっ壊す」

カリーナが不意に攻撃を繰り出した。伸ばした肋骨でフォーゼをガシャンと両サイドから挟み込む。

やばい！　フォーゼはとっさにシールドスイッチをセットして、オン。

ガシン！　ズブッ！

シールドモジュールで左は防いだが、右腕にダメージを負った。まるで巨大な怪獣に噛《か》みつかれたようだ。激痛!!

フォーゼの身体が強化ボディでなかったら、もし生身の人間だったら、ただの血と肉の塊になっていた。そんな衝撃だ。思わず、膝をつくフォーゼ。

それを見下ろすカリーナ。

「アタシだけじゃないよ」

「なんだって？」

「アタシと志を同じくする者たちが、もうじき揃《そろ》う」

カリーナは言い残して、駆け去って行った。

「揃う、だと？」

カリーナのほかにも、新しいゾディアーツが暗躍しているのか。あるいはこれから生まれるというのか。

ということは、我望も速水校長もいない今、「新たにゾディアーツを作り出している者」がいるというのか？

そいつが真の敵？

弦太朗の負傷した右腕が疼《うず》いた。そして胸のあたりから下腹部に、重い氷の塊のようなものがズズッと落ちてきたような感触があった。痛みではない。それは恐怖の感情だった。

4

三月の日はまだ短い。あたりはすっかり暗くなっていた。

ああ、寒い。春だというのに。手足の先まで冷え切って感覚がない。

平良すみえは、天高の屋上に立っていた。正確には屋上のへり、柵の外だ。足を踏み出せば、落下する。落ちたら死ぬ？　死ぬかどうかはわからない。でもただではすまない高さだ。

心は惨めな気持ちに支配されていた。

「プロムの存在自体に苦しめられている奴だっているんだ」

今日、プロムの準備の嫌がらせに来た金髪娘の放った言葉が、小骨のようにすみえの心につっかえていた。あれは、私のことを言っている。彼女は「同類」だ。

如月弦太朗。彼は人種が違う。「甘い思い出も、苦い思い出も、セットになってるのが青春ってメニューだ」だって？　ちゃんちゃらおかしい。高校時代三年間、いや、物心ついてからずっと、私には苦い思い出しかなかった。

富豪の令嬢、という単語からイメージされるものと自分とのギャップにいつも辱められてきた。度の強いメガネに、貧相な顔立ち、猫背ぎみの体。両親が選ぶかわいらしいブランド物の洋服がまるで似合わなかった。性格も内向的で、オモチャの山に囲まれながらいつも孤独だった。心も、顔も、体も、家庭環境も、すべてがちぐはぐでしっくりこなかった。

　もっと居心地の良い場所に行きたいという気持ちと、安全な巣の中に引きこもって静かに暮らしたいという気持ち。ボトルシップはそんなすみえの矛盾した精神をそのまま反映した趣味だと言える。

　ああ、自分の家がごく一般的な家庭だったらどんなに良かっただろう。父親は中古車販売で一代にして財を築いた典型的な成金だ。すみえは、この世でいちばん嫌いな生き物、自分の父親の脂ぎった顔を思い出して身震いした。父は本当の上流階級の父兄たちを見返すためだけに多額の寄付をしてみせたのだろう。そのつまらない自己顕示欲《じこけんじよく》のために自分がまたいらぬ恥をかくのだ。船上プロムというド派手なステージで。

　プロムが怖い。いや、憎い。

　そう思った瞬間、冷たかった風が生ぬるくなったような気がした。かすかに生臭い。ケモノの臭い？　……これは、血？

　振り向くと、見知らぬ女生徒が歩いてきた。カツン、カツン……。

「うう……誰？　あなた……」

　女生徒は答えない。つややかな長い髪。口もとに自信に満ちた微笑を浮かべている。不気味だ。目はすっかり前髪に隠れている。そして頰《ほお》が濡《ぬ》れている。泣いてるのか？　いや、涙じゃない。血だ。額から血が幾筋も流れているのだ。けがしてるのか？

「馬鹿な両親がプロムに寄付してくれたんだってね。でも、君はプロムなんかやりたくない。でしょ？」

ズバッといきなり、すみえの心に踏み込んできた。

「耐えられないよね。でも君は無力だ。何もできない。できるのは、自分で自分の命を絶つことくらいかな」

すみえは猛烈に逃げ出したくなった。だが、一歩さがれば六階下まで真っ逆さまだ。飛びおりて死ぬにしても、こんなにわけがわからない形で実行するのは本意ではない。私、かわいそうすぎる。

「うう、何なのあなた！　あなた、誰なのよ！」

「オレかい」

オレ？　男子なの？　たしかに少年のような声をしている。でも、スカート穿いてるし、私よりずっと華奢《きゃしゃ》なのに。

「オレは星からの使者」

こいつ完全にイカレてる！　もう、やだ。この恐怖に耐えられない。我慢の限界を超えて、叫びそうになったすみえの前に、すっと何か黒いものが差し出された。何？

「星に願いを」

不思議な衝動がすみえを貫き、その物体を差し出されるままに受けとった。

異様なオーラを放つその物体に魅入っていたそのとき、「星からの使者」は柵をひらりと飛び越えて、すみえの横を落下していった。階下にダイブしたのだ。

「あ‼」

驚いたすみえは階下を見て、さらに驚いた。落下したであろう場所に、血まみれの少女は倒れていなかった。というか、影も形もなかった。どこからか、オートバイが走っていくような轟音《ごうおん》だけが響いて、消えた。

生ぬるかった風が、またもとの冷たい風に戻った。まるで何もなかったかのように。だが、すみえの掌中にはゾディアーツスイッチがたしかにあった。

第二章　卒業二日前

1

「ラビットハッチは良かったすねえ、広くて。それに月だし。ロマンに溢れてた！　それに比べて、この部室は狭くて、生活感に溢れてて、夢がないよなあ。ふあああ」

机に腰かけて足をブラつかせ、あくびと文句をいっしょに吐いているのはＪＫ《ジェイク》。天高一の情報屋を気取ったチャラ男の二年生。本名は神宮海蔵《じんぐうかいぞう》だが、本人はそう呼ばれるのを嫌っている。

ここは宇宙仮面ライダー部の部室。現役部員たちが、賢吾からのゾディアーツ出現報告を受けて、早朝から招集されたのだ。

「しよーがねえだろ、ＪＫ。ラビットハッチは壊れちまったんだ」

「そうだ。そもそも月へのゲートは我望との戦いで閉じてしまった」

弦太朗と賢吾が説教する。

かつて部室として使っていた月面基地に比べたら、新しい部室はたしかに広くはない。というか当たり前だが、普通の部屋だ。だが、顧問の大杉先生が、一般の部活動と同様に、部室棟の一室を学校に掛け合って獲得してくれたのだ。ＪＫの文句を大杉が聞いたら、カニのように口から泡を吹いて怒ることだろう。

「JK、会長と大文字先輩には連絡したのか？」

「んー、なんか二人とも忙しいらしくって、今朝はパスとのことです」

「……たるんでるな」

「まあ、花の大学生スからね」

納得はいかないが、しかたない。

「まあいい、よし、みんな。今朝集まってもらったのはな……おい」

賢吾が話し出すが、一年生の二人は部室の隅でユウキと井戸端会議中だ。

「プロムって、なんか毎年恨んでいる人がいるんだよねー」とユウキ。

「だから、そんな恋愛行事やめちゃえばいいんですよ。ユウキさんもそう思いません？」

そう言う天然パーマの少年は草尾《くさお》ハル。よく言えば優しい、悪く言えば気弱な性格の男の子。ハルは蠅座《はえざ》ムスカ・ゾディアーツになった経験がある。

「いや、プロムは大事よ。恋愛にはイベントが必要なんだから」

反論する勝ち気なポニーテールは黒木蘭《くろきらん》。合気道が得意な男前の女子高生で、彼女にもゾディアーツ経験がある。こちらは最後の十二使徒・魚座ピスケス・ゾディアーツになった〝大物〟だ。

ハル・蘭共に仮面ライダー部に助けられ、のちに自分たちもいっしょに戦うことを志願し、部員として認められた。

「蘭はモテるからそう言えるんだよ。非モテの気持ちになってみなよ」

「何、ハル。恋愛面でも私に守ってもらいたいの？　大丈夫よ。うちらが卒業のときには
プロムいっしょに踊ってあげるから」

からかう蘭に「ふざけんなよ。そういうことじゃねえ」と顔を赤らめてムキになるハル。そんなふうに後輩たちがじゃれ合うのを見て、あははと笑うユウキだが、ダンスパートナーを賢吾にキャンセルされたせいか、表情は少し冴《さ》えない。

蘭が弦太朗にいきなり話をふってきた。

「ね、弦太朗さんはプロム、誰と踊るんですか？」

「またその質問か。別にいいだろ」

「え、決めてないの？　じゃあ……私、パートナーやってもいいよ」

誘う蘭。弦太朗に向けた目が熱を持っている。恋する女子の目だ。だが、弦太朗は後輩の恋心に気づかない。

「別にいいよ。なんか一年と踊るの変だろ」

「なによお。なんで私じゃダメなのよ」

「一年生と踊るのアリなんだよ。美羽先輩は入学以来毎年誘われて踊ってたって」

と、ユウキがなぜか蘭を援護する。

「ほらあ。学園のヒーローが踊らないなんて、カッコつかないよ。悪いこと言わないから

私と踊ろうよ」

「お前ら、ちょっと」

　賢吾は本題に入りたいのだが、雑談が収まらない。

「そのプロムが狙われているんだぞ、ちゃんと聞け」

　そこにさらに割り込むJK。

「弦太朗さんはほかに踊りたい人がいるんですよね。俺、知ってるっすよ」

　弦太朗は素直にびっくりした顔になって、

「えー？　そうだったのか？　誰だ、俺が踊りたいのは。教えろ、JK」

「何それ、自分のキモチでしょ？」

　怒りだす蘭の肩をぽんぽんと叩き、したり顔でレクチャーしだすJK。

「自分自身では気づかないせつない恋心。そういうものもあるんだなあ。『あ、俺、恋してるんだ』そういう気づきがね」

「偉そうに言われた。海蔵むかつくー」

「おい！　海蔵言うな。一応、先輩だぞ。蘭、お前ちょっとばかしパイオツカイデーだからって偉そうに」

「何見てんのよ、チャラスケベ」

「胸の圧力で制服のボタンがはちきれそうなんだよな。前から思ってたけど、その上着、サイズあってないっしょ」

怒りの蘭がJKをくるっと投げ飛ばす。合気道の達人なのだ。

「うぎゃ」

「おいおい、蘭。よせって」

弦太朗もくるっ、ドサッ。場の勢いで投げ飛ばされた。

「いって！ なんで俺まで」

「うるさーい」

「青春の揉《も》め事仲裁は巻き添え食らう運命なのか？」

ユウキとハルがなだめるが、蘭の気分は収まらない。部室はもうなんだか収拾がつかない状態。賢吾も諦めの表情だ。

そのとき、部室の扉がガラッと開き、

「エノマロシ・ワデレエギ！」

呪いっぽい言葉が部屋に響くと、香りのきつい謎の粉末がバサーッと皆の頭に撒《ま》かれた。鼻にツーンとくるエスニック香辛料の匂いが充満する。

「げほげほ」

「何これ？」

「ぺっぺっ」

見るとオカルト趣味のゴス少女、二年の野座間友子《のざまともこ》だ。身体から黒いオーラが溢れ出ているように見えるのは気のせいか？

「エノマロシ・ワデレエギ！　エノマロシ・ワデレエギ〜！」

怖い顔で手にした壺《つぼ》から粉を摑むと撒いている。

「ど、どしたの友ちゃん」

腰の引けたＪＫが質問すると、恫喝《どうかつ》される。

「友ちゃんじゃない、部長とお呼び」

「ひっ」

友子には霊感がある。そしてその鋭い勘にライダー部は何度も助けられてきた。その功績を評価して、ユウキが友子を仮面ライダー部の新部長に任命したのだ。これで初代部長の美羽から三代続けて、部長は女子ということになった。

「私たちライダー部の使命は何？　言いなさい、ＪＫ」

「え、えっと、おもしろおかしく学園生活をエンジョイすること？」

ドン！　壁に貼られたライダー部の旗を拳で叩いて、友子が吼《ほ》える。

「ゾディアーツの捜査、黒い野望の阻止よ！　真面目にやりなさい！」

すっかり圧倒された面々。

友子部長はライダー部活動に燃えているのだ。だが、せっかく部長に就任したのはいいが、ホロスコープスが壊滅して、ライダー部の活動も形骸化している。物足りない。残念だ。そう思っていた矢先に、ゾディアーツ事件が起こった。渋い顔で叱ってみせている友子だが、内心は「やった。わあいわあい」なのだ。不謹慎？　ゴス少女が不謹慎でなくてどうする。

「じゃあ、みんな。賢吾さんの話を聞いて。お願いします、賢吾さん」

「……あ、ああ。えー、コホン」

賢吾は軽く咳払いをすると、カリーナ・ゾディアーツに襲われたことを話し始めた。

はあ、はあ、はあ、なんで？　なんで、私、こんな目に遭ってるの？

土屋未菜《つちやみな》は、わが身に降りかかった出来事に理由を求めながら、校舎裏を走り続けていた。息ができないくらい苦しいが、止まるわけにはいかない。うしろからは、人間くらいの大きさのムカデのような化け物が追っかけてきているのだ。不気味な走り方で迫ってくる怪人。胸から腹にかけて、牙のような肋骨のようなものが、未菜に噛みつこうとガブガブ動いている。

はあ、はあ、はあ、なんで？　なんでよ？

未菜は、部活のテニスに燃えている普通の昴星高校二年生。彼氏もいる。他校に通うひとつ上のイケメンだ。ちょっとキレやすいのが難点だが、私には優しくしてくれる。自分で言うのもナンだが、そんな感じで充実した高校生活を満喫中だ。

ただ、今朝は寝坊して遅刻したのがいけなかった。未菜が学校に着いたときは、一限目の授業がもう始まっている時間帯だった。だからその時間、誰も玄関口にはいなかった。下駄箱で未菜が上履きに履き替えていたら、いきなり怪人が下駄箱の陰から姿を現して襲ってきたのだ。だからこの不可解な襲撃を目撃した生徒も教師もいない。

逃げた方向もまずかった。パニクッて人がいない校舎の裏手に走ってしまった。

あと、悲鳴を上げておけばよかった。だが人間はあまりに驚いたときには、声が出ないものらしい。

そして今は走りすぎて息が苦しい。心臓が口から飛び出そうだ。なんとか角を曲がると、プレハブの美術倉庫に飛び込んで扉を閉めた。バタン！

はあ、はあ、はあ、はあ、はあ。

ここに逃げ込んだのは怪人には見られていないはずだ。気づかずに走り去って行ってくれれば良いが。乱れる息を必死で堪え、暗闇に身体を潜める未菜。静寂。入ってくる気配はない。よし。やりすごせたようだ。

「ふう……」

ようやく呼吸らしい呼吸ができた。

暗闇にも目が慣れてきたとき、未菜は倉庫の中におかしなものが潜んでいるのに気がついた。最初は石膏《せっこう》で出来たデッサン用の彫像かと思った。だが、なんか変だ。未菜は、畳んだイーゼルが重ねて置かれたその奥にある彫像を目をこらして見た。ミロのビーナスのレプリカ？　でも妙ね。下半身がイソギンチャクに食べられてない？　あんな変なデザインの彫像なんてあるの？　突然、彫像の目が赤黒く光ったかと思うと、立ち上がった。

別の怪人だった。怪人は二体いたのだ。

未菜は甲高い悲鳴を聞いた。よく聞くと自分の悲鳴だった。私、声出るじゃん。そう思いながら未菜は気絶した。


一時間目が終わった休み時間、弦太朗は友子部長に連れられて坂本遼子のいる三年D組を覗きに行った。見回した感じでは遼子はいないが、扉近くにグリークラブの元部長・阿《あ》部《べ》純《じゅん》太《た》と太っちょの片桐《かたぎり》平《たいら》がいた。

「よ、阿部ちゃん、片桐」

「ああ、如月くん」

阿部が爽やかな笑顔で応対してくれる。

「二人とも進路きまったか？」

すると阿部と片桐は、即興でいきなり「♪ぼくたち春からおんだいせ〜い」「♪おんだいせ〜い」とコーラスしてみせた。

「そうかそうか、お前ら進路はゴスペラーズか」

友子が、いいから早く本題に入れと睨《にら》むので、弦太朗は慌てて質問する。

「な、今日、坂本遼子来てる？」

すると二人は意外そうに顔を見合わせた。

「また遼子サンの話？」

「え？」

「いや、その質問、今日二度目なんだよ」

阿部の話では、遼子は朝普通に登校していたのだが、別のクラスの女生徒に誘われてどこかへ出かけたという。誰が連れて行ったのか尋ねると、

「これが意外な取り合わせなんだけど、知ってるかな。平良すみえサン。おとなしくて目立たないコなんだけど」

「平良すみえが？」

弦太朗は、昨日のプロム準備での一件を思い出した。地味な彼女と顔面ピアスまみれのパンク娘がつるんで授業をサボり？　意外な取り合わせの意外な行動。

「なるほど、金髪ピアスがすみえを強引に連れて行ったのか」

「いや、逆。すみえサンが遼子サンを強引に連れて行きました」

「え？　遼子が嫌がるすみえを強引に連れて行ったんだろ」

「だから逆ですって。あなた、馬鹿なんですか」

片桐のボヤキツッコミ。阿部は優しく説明する。

「普通はたしかにそうイメージするよね。でも、今日のすみえサンはなんかいつもと違って自信に溢れた顔をしていたなあ。遼子サンとも『行こうぜ同志』って感じで振る舞ってたよ。あ、実際『同志』って言ってたような。ちゃんと見ていたわけじゃないけど」

ゾディアーツの遼子と同志？　気になる証言だ。

「どこに行くって言ってた？」

「昴星高校って言ってたような」

意外な情報に驚く弦太朗と友子。

「昴星？」

「流星さんの学校に？」

昴星高校は、仮面ライダーメテオこと朔田流星の通う学校だ。

ゾディアーツである遼子と彼女を同志と呼ぶすみえが、もう一人の仮面ライダーがいる昴星に出向いた？　友子ほど鋭い霊感は持っていない弦太朗だが、弥《いや》が上にも事件が大きく膨らんでいく予感がした。

髪がぺったり頬にはりついている。寝汗かいた。シャワー浴びよう。そして冷蔵庫からキリッと冷えたオレンジジュース出して、思うさまゴクゴク飲もう。土屋未菜は目を覚ますと、ぼんやりとそう思った。

が、すぐにそこが自分の家のベッドではないことに気づいた。そんなのんきな状況ではなかった。怪人に追われていたのだった！

がばっと飛び起きる未菜。そこはもとの美術倉庫。だがもう怪人はいない。その代わりに他校の制服を着た女生徒が目の前に立っていた。メガネをかけた貧相な猫背の少女だ。目はやけに醒めて、じっと未菜のことを見ている。

「誰？」

それには答えず、メガネの少女が言う。

「あなた、ウチの学校の穂積聖瑠《ほづみせいる》とプロムで踊るんですって？」

「え、穂積聖瑠？　せいるんのこと？」

穂積聖瑠は未菜が付き合っている新・天ノ川学園高校の男子生徒だ。彼女は「せいるん」と呼んでいる。そういえば、目の前の女生徒は聖瑠と同じ天高の制服だ。それにしても、いきなり何？　私の彼氏のことより今は怪物の話じゃないの？　状況は依然わからなかったが、気分は落ち着いてきた。

「あなた、せいるんの友だち？」

「穂積聖瑠をフッて。プロムの誘いは断って」

「は？」

「『あなたとはもう付き合えない。ダンスも踊らない』穂積にそう言ってきて。今すぐ」

「どういうこと？　さっぱりわからない」

「いいから！」

すみえは黒いスイッチを取り出すと、ガチッと親指を押し込んだ。オン！　すみえの体を黒い煙のようなエナジーが包み込み、その中に星座の光が瞬いた。煙が晴れると、すみえはイソギンチャクの中に女神像が埋め込まれたような形状のゾディアーツに変身していた。とも座のプッピス・ゾディアーツだ。

未菜の全身から血の気が引いた。驚いて声も出ない。ぬめりけのある柔らかい触手で頰を撫《な》でられると、ひんやりと吸い付くような感触とともに、心がみるみる冷えていく。

「もう一度だけ言う。穂積と別れて。さもないとアナタの」

プッピスは柔らかな触手をピキーンと鋭く硬化させ、未菜の眼球に突き刺そうと迫る。寸前！　一ミリ手前でぴたっと止めた。

「光を奪うわよ」

恐怖でパニックになった未菜は、わけもわからずしゃべりだした。まるで、しゃべらないと発狂してしまうから、なんでもいいから口に出しているかのようだ。

「い、いいわ。か、彼のことは私には合わないっていうか、ふさわしくない、って、そんなふうに、さ、最近思ってたところなの。彼もパ、パーティーを、けっこう、た、楽しみにしてたから、ガッカリすると思うけど、大したことじゃないし」

　プッピスは思った。へえ。プロムを楽しみにしてる人いるんだ……如月弦太朗の言ったとおりだ。そうよね。それが普通なのよね。私は普通じゃない。

「き、き、聞いていい？　あ、あなた、せいるん、いや穂積くんのこと、好きなの？　だからこんなことやってるの？」

「まさか」

「じゃ、じゃあ、誰かに頼まれたの？」

　ごちゃごちゃうるさい奴だな。ゾディアーツになると残酷な気分が湧《わ》いてくる。脅《おど》すだけのつもりだったが、ちょっと傷つけてやりたい。

「如月弦太朗」

「きさらぎ……げんたろう？　誰？」

「天高一のワルよ。そいつがいけないの。覚えておいて」

　すみえの中でいつの間にか、自分とは真逆の「楽しく充実した高校生活の象徴」が弦太朗になっていた。リア充って奴。まとめていっしょに傷つけたい。

「わかったら、穂積のところへ行って。今すぐ」

　触手の先端でチクリと頬を突いてやると、未菜は泣きながら脱兎《だっと》のように駆けていった。

プッピスの身体から黒いエナジーが剝がれると、もとのすみえの姿に戻った。

奥から遼子が笑いながら現れる。

「アハハッ。別人になったみたいだな、お前。目に針ってナニ？　えげつない脅し方」

「これがもともとの私かも」

すみえが独り言のように呟《つぶや》くと、遼子のさらに後方の暗部に声をかける。

「ねえ、これで良かったんでしょ」

生暖かい風がふわっと吹いて、例の血まみれ少女が現れた。満足そうに笑うと少年のような声で言う。

「ああ。あれであのコもイイ感じで穂積聖瑠くんの心を揺さぶってくれるだろう。さっそく見に行こうか。プロムまでに時間がないからね。早く彼にスイッチを渡したい」

遠くを見るような目つきですみえが呟く。

「ねえ、みんな死ぬのね？」

遼子はフンと馬鹿にしたように鼻を鳴らす。

血まみれ少女はゆっくりと頷《うなず》いた。

「ああ、みんな死ぬよ」

2

冷たい雨が降ってきた。弦太朗が昴星高校に行くときはいつも雨だ。まるで天が不穏なムードを演出しているかのように。

弦太朗と仮面ライダー部のメンバー、ユウキ・友子・JK・蘭・ハルは授業をブッチして昴星高校に来た。遼子とすみえを探すためだ。が、賢吾だけはいない。調べたいことが別にある、とのことだった。遼子にスイッチを渡した謎の存在が気になっているようだ。

ユウキは賢吾の別行動を「避けられてるのかな」とさびしく感じたが、明るく振る舞うことにした。パペットに話しかける。

「ねえ、はやぶさくん。山田《やまだ》くんが王国築いて君臨してたときと違って、学校の雰囲気が明るいね。やっほー」

この学校はアリエス・ゾディアーツに支配されていたことがあるのだ。逆らう生徒は粛清される、恐怖の支配。それをライダー部が解放し、学校に笑顔が戻った。流星が弦太朗と真の友だちとなったのもそのときだ。

もとより、昴星には天高のように無意味にはしゃいでいる生徒はいない。「自由と個性」がモットーの天高に対して、「規律と調和」の昴星。制服も、青と赤が色鮮やかに主張するカラフルな天高に対して、昴星はベージュの単色で品がある。

「じゃあ、坂本遼子と平良すみえを見かけたかどうか、そこらへんの生徒に聞いていきますか」

と蘭が言った。だが、その前からJKはもう動いていた。

「ね、君たち、かわいいね。ひょっとして芸能のお仕事とかしてる系？　え、やってないの？　マジで？　嘘でしょ？　でさ、ちょっと聞きたいことがあるんだけど」

もうなれなれしく女生徒のグループに話しかけている。

友子、それを横目でクールに眺めつつ、ハルに指令。

「ハル、全フードロイドを起動。探させて」

「あ、はい、部長」

ファーストフードに擬態したロボットたちは、アストロスイッチが装塡《そうてん》されるとガシャガシャガシャンと変形開始。ハンバーガーはバガミールに、フライドポテトはポテチョキンに、シェイクはフラシェキーに、ホットドッグはホルワンコフ、ソフトクリームはソフトーニャ、チキンナゲットはナゲジャロイカになった。

やいやいと騒がしいメカ軍団だ。

「行くのよ、ジャンクフードたち！」

誰がジャンクフードやねんと、フラシェキーは最初のうち跳ねて抗議していたが、やがて偵察マシンたちは校内に散らばっていった。友子が部員たちに指示を出す。

「二手に分かれましょ。ユウキさんとハルは私といっしょに来て。弦太朗さんはＪＫと蘭を連れてって」

「おう」

部員たちも捜査を開始した。


「ホワチャー」

流星の拳が風を切って美少女の顔面に炸裂《さくれつ》！　するかと思いきや、直前でストップ。コツンとかわいく額をこづいた。

「誰が、激辛★功夫《カンフー》野郎だ」

「てへ」

こづかれた少女は舌をぺろっと出す。流星の同級生・白川芽以《しらかわめい》だ。昼休み。中庭のベンチで、二人は並んで座っていた。

「読んだよ、伊眼輪《いめわ》からしの新作。おもしろかった。だが……」

流星が文庫本を取り出す。ユウキが賢吾に貸していたのと同じ『わたしのお兄ちゃんは激辛★功夫野郎なんだからね』だ。

「主人公の兄、星心大輪拳で戦うな。これは俺か？」

「違うよ」

「いや、俺だな」

「まあ、たしかに？　流星くんをちょっとモデルにしたところもあるけど？」

「俺はなぜ妹に恋してる。それがわからない」

「妹とお兄ちゃんはそういうものなの」

「リーゼントの不良と男同士で恋愛する展開はもっとわからない」

「BLも基本なの」

「俺はそんなんじゃないぞ」

「フィクションなんだから。無関係だよ。まあ、たしかに？　流星くんをちょっとモデルにしたところもあるけど？」

かわいくテヘペロする白川芽以に、軽く怒っていた流星も思わずクスッと笑って、

「まあ、でも大したもんだよ。白川さん、高校生でプロの小説家として成功してるんだから」

「学校にばれるとマズイから覆面《ふくめん》作家だけどね。『伊眼輪からし』はあくまで謎の小説家。私が伊眼輪からしであることは誰にも知られてはいけない』ふふ、どこかの仮面ライダーさんといっしょ」

「おい。それこそ秘密だぞ」

「ふふ、ごめんごめん」

顔を見交わすと、どちらともなくぷっと吹きだし、笑いが弾けた。そのとき、

「ふうん。仲……いいんだ」

白塗りで目に隈《くま》の幽霊がベンチのうしろからニュッと顔を出した。

「うわっ、と、友子ちゃんっ？」

幽霊かと思いきや友子だ。ユウキとハルも現れた。

「あ、いたいた。流星くん。でかしたぞよポテチョキン」とユウキ。ポテト型ロボットが流星を見つけたと報告したのだ。えへへと照れたしぐさを見せるポテチョキン。ハルが
「本当は坂本遼子を探してたはずなのに」とボソッと呟く。

ユウキが芽以にシュパッと挨拶。

「流星くんの彼女サン、お久しぶりです」

「彼女じゃないよ。残念ながらいまだに」

肩をすくめる芽以。困った顔の流星とちょっとホッとしたような友子。

「それよりさ。さっき聞いちゃったんだけど。伊眼輪からし、って白川さんだったの？」

返事をしない芽以。ユウキはしつこく追及する。

「ね、そうなの？」

芽以、ためた末に、「名前、逆から読んでみて」。

「え？　い、め、わ、か、ら、し。逆から読むと、し、ら、か、わ、め、い」

ユウキは、「あーっ！」と声をあげて驚いた。

「そうなの。ふふふ。秘密ね」と笑う芽以。

なんと！　友子は再び戦慄を覚えた。じつは友子も小説家になりたいと思っているのだ。『誰でも書けるファンタジー小説の書き方』という本を買ってきたばかりなのだ。白川芽以、この女は恋でも仕事でも私の先を行っている。ライバルだ。「強敵」と書いて「ライバル」。

「負けられない……」

友子部長が任務を忘れてヒリヒリとジェラシーに胸を焦がしていると、ハルが控えめに発言。

「すみません、そろそろ本題に入らせてください。この人たち、見かけませんでした？」

と、二枚の写真を流星と芽以に見せる。写真にはそれぞれ遼子とすみえが写っている。

「いや、見ていない。こいつら誰なんだ？」

友子が流星の目を見て言う。

「ゾディアーツよ」

芽以がスーッと青ざめた。

「ゾディアーツが……またここに？」

学園がアリエス・ゾディアーツに恐怖支配されていたときのことを思い出したのだ。そのころ、彼女はレジスタンスとして王様であるアリエスと気丈に戦っていたのだが、身体は正直だ。恐怖を思い出して震えだした。止まらない。

ユウキは芽以の手を摑む。

「大丈夫。流星くんの彼女サン。ゾディアーツ退治は私たち仮面ライダー部に任せて。だよね、新部長？」

友子は「もちろん」と力強く頷いた。そのあと、ちょっとむくれて、

「ユウキさん、そういうカッコいい決め台詞は、これからは現役の部長に言わせてほしい」とぼやいた。


弦太朗チームが聞き込みした結果、目撃情報が得られた。遼子とすみえはたしかに昴星に来ていたようだ。複数の生徒たちが、二時限目の授業中にバイクのアクセルをふかすような轟音《ごうおん》が聞こえて窓外を見ると、天高の制服を着た金髪とメガネの女子二人が裏門から出ていくのを見たと証言した。不思議なことに、目撃のきっかけになった轟音バイクは誰も目にしなかったようなのだが。

弦太朗と蘭が水飲み場で喉《のど》を潤《うるお》しながら、

「裏門から出ていったってことは……プハッ」

「もう帰ったってことですよね？　すれ違ったのかな」

「あいつらがここで何をしていたのかも、わかんねえまんまだな。遠征の成果なしか」

バガミールとホルワンコフも戻ってきて、申し訳ないというふうに神妙にしている。

「しょうがねえ。友子たちと合流して、天高に帰るか」

蘭がきょろきょろ見回し、

「JKさんは？　さっきからどこ行ってるの、あの人？　本当にもう」

「JKはチョロチョロするのが仕事みたいなもんだからな」

「悪かったすね。チョロキャラで」

ちょうどよくJKが戻ってきた。含み笑いをしている。何か企んでいるときの顔だ。

「ナニ笑ってるんですか？　気色悪い」

「蘭、JKはニヤニヤするのが仕事みたいなもんだ」

と、からかった弦太朗だったが、JKのうしろに立っている少女に気づいて「！」と目を見張った。口をあんぐりと開けたまま固まる。胸の中でいろんな思い出が溢れ出して止まらない。身体が火照って、みるみる顔が紅潮していく。

「どうしたの弦太朗さん？」

蘭が弦太朗の異変に驚く。

その少女はたしかに相当レベルの高い美少女だが、弦太朗の反応が尋常じゃない。

「な、なでしこ……」

　なでしこは弦太朗の想い人。

　正体はＳＯＬＵ《ソル》（Seeds Of Life from the Universe）と呼ばれる宇宙生命体だ。かつて隕石《いんせき》とともに飛来した。通常は液体金属のような形状だが、視たものと同じ形態に姿を変えることができる。当初、知性は持たないと考えられていたが、弦太朗と出会ったことで心を持つようになり、仮面ライダーなでしこに変身して共に戦った。最後は精神生命体となって宇宙に帰っていったはずだが……今、弦太朗の目の前に立っていた。

「帰ってきたのか！　なでしこ！」

　さっきまで降っていた雨がやんで、陽光が差してきた。弦太朗には、目の前に立つ少女が舞い降りてきた天使のように見える。

「おかえり！」

　感情を爆発させて抱きつこうとした弦太朗だったが、寸前でぴたっと止まった。彼女がドン引きなのに気づいたのだ。まるで不審者を見るような目をしている。

「なでしこ？」

　少女はＪＫのほうをくるっと向くと、

「私に会わせたいって、この人？」

　懐かしいなでしこの声だが、とても冷たい。

「そうっス」

「天高で一番のイケメンって言ったけど、変な髪形してるよね？」

「そうッス。髪型は変ですけど、顔はホラよく見て。いけてるでしょ」

「………」

「この稀代の好青年・如月弦太朗さんと天高のプロムで踊ってもらえませんかね」

少女は顔をしかめる。だが、さすが美少女。そんな表情もかなりのレベルのかわいらしさだ。

「なでしこ、どうした？」

「………」

弦太朗はJKの肩をガシッと抱くと強引に水飲み場の角に連れて行った。小声で尋ねる。

「おい、JK。アイツ、なでしこだよな」

「そうっすよ」

「俺のこと覚えてないみたいだぞ」

「そりゃそうでしょ。初めて会ったんだから」

「初めて？　何言ってんだお前、俺となでしこはいっしょに戦った仲じゃねえか。そ、それにな、お前は知らないと思うが」

こほんといったん咳払《せきばら》いすると、

「俺は、あ、あいつとチュ、チュー的なこともだな」

「弦太朗さん？　わかるでしょ。本物の美咲撫子《みさきなでしこ》さんっすよ」

「本物？」

「あそこにいるのは、地球で生まれた昴星高校三年生の美咲撫子さん。ＳＯＬＵは彼女の姿をコピーしたんです」

「……!!　あ、ああ。ああ、ああ、ああ！　そういうことか」

ようやく理解した弦太朗。彼女は〝本物〟の美咲撫子だ。だが、弦太朗が好きなのは、ＳＯＬＵのなでしこ。ということは、弦太朗にとっては〝偽物〟のなでしこだ。

「あのココそ、弦太朗さんがプロムで踊りたいコです」

ＪＫの理屈は、こうだ。弦太朗が最初になでしこを好きになったのは一目惚《ひとめぼ》れ。つまり彼女のルックスが好きなのだ。それならば外見がまったく同じのオリジナル美咲撫子と踊れば、それで満足のはずでショ、と。

「お前なあ。俺を何だと思ってんだ。俺はハートで生きる快男児だぞ。だいたいここにはゾディアーツを探しに来たのに、なんだよ、あのコを探してたのか」

「弦太朗さんのためにね。何か文句でも」

「……いや、ない。でかしたぞ、ＪＫくん」

「このお礼は高くつくっすよ」

弦太朗は、にまあと笑ってＪＫとガシッと握手し、次に腕相撲するときのように握り替え、拳と拳をコツンとぶつけて、上と下から打ち合わせた。これを弦太朗たちは「友だちのシルシ」と呼んでいる。本当に心を通わせた相手とだけ交わす特別な握手だ。

弦太朗が〝悪い顔〟でくるっと向き直ると、

「待たせたな！　俺は如月弦太朗。昴星高校の生徒全員とも友だちになる男だ」

どんどんと胸を叩いた手でビシッと指さす。

だが、その先には誰もいなくて。

「あれ？　いない。ＪＫくん、美咲撫子さんがいないよー。ＪＫくーん」

蘭が白けて、校舎のほうを指さす。

「彼女、逃げてっちゃったよ」

前方にすたすたと超速足で歩いて行く美咲撫子の後ろ姿が見える。

「あ、ちょっと待てよ。おい。ちょっと話を聞いてくれ」

弦太朗が追いかけると、撫子は突然ダッシュで走り出した。かなり速い。全速力、相当必死だ。

「待てよ、おーい」

走って追いかける弦太朗。校舎の中に入り、廊下でチェイスになる。撫子の走りは素晴らしく速かった。男の弦太朗が追いかけてもいっこうに距離が縮まらない。すれ違う生徒たちがけげんそうな目で見る。必死に逃げる美少女と追いかける他校のリーゼント不良少年。

これじゃあ、どう見ても俺、悪者みたいじゃないか！　うーん。青春には誤解がつきものだ。

「このへんで、濃いお茶がいちばん怖い」

思わず拍手してしまった賢吾。

天高落語研究会の部室。賢吾が訪ねると、定例の放課後寄席で鬼島が落語を披露していた。しかたないので、終わるまで待つかと腰を下ろした賢吾だったが。

うまい。いや抜群にうまいな、大した話芸だ。鬼島の落語に聞き惚れて、いつの間にか大笑いしてしまった。もし俺もこれだけ口が達者なら、ユウキと卒業間際に無意味なけんかなんかしなかった。したとしても、すぐに仲直りしていたにちがいない。……いや、ユウキが悪いんだ。くそ。

鬼島が賢吾に気づいて高座から降りてきた。

「おやめずらしいお客さんだ。ちゃんと木戸賃は払ったのかい」

「金とるのか」

鬼島は手を差し出して、

「そりゃ、そうさ。フォーゼドライバーでいいや。はい。アタシならあんたらよりうまく活用できると思うよ」

いちいち腹の立つ奴だ。感心して損した。

「誰が渡すか。あれはもう弦太朗のものだ。それより鬼島、お前に聞きたいことがある」

「アタシはあんたに聞いてほしいことなんてないよ」

「M－BUSで何が起こった？　昨日の話を聞いていて、お前が何か隠しているように思えた」

顔つきが変わって、ピューッと口笛を吹く鬼島。

「鋭いね、歌星賢吾。三ノ四の縫い針よりも鋭い」

「いいから教えろ」

「いや、聞きたいなら、アタシを笑わせてもらうよ」

「まさか」

「そう。地獄大喜利《じごくおおぎり》」

にまあと笑う鬼島。

賢吾は「またそれか」とうんざりしながら、まずは変顔で勝負することにした。

ホラー映画のお約束に「殺人鬼に追いかけられた美女は、よせばいいのに逃げ場のない二階に逃げる」というものがある。撫子も夢中になって走っているうちに、映画の中のスクリームヒロインよろしく階段を駆け上がってしまった。屋上に逃げこんだのだが、当然それ以上逃げ場はない。

「あ……」

バンッと現れた弦太朗。彼女の目には弦太朗のリーゼント頭が某有名殺人鬼のホッケーマスクにでも見えたのか、

「きゃああああああああ」

焦って、手すりを乗りこえようとする撫子。

「お、おい！」間一髪、弦太朗が撫子を背中から抱き止めて、手すりから引き剝《は》がした。そのまま後ろにひっくり返り、床に落下した衝撃を腰にモロに受けてしまう。ガツン。

「あ、痛ッ！」

その隙に、バッと飛び起きて、階段のほうにダダッと逃げる撫子。

「おい！」と呼び止めるが、弦太朗は腰の痛みで立ち上がることができない。

「いってぇ～、ああ、くそっ」

弦太朗はそのまま大の字になって、しばらく空を見ていた。雨はすっかりあがって、雲の隙間から青空が顔を出している。

俺、別にやましい気持ちで追いかけたんじゃないんだけどな。ＪＫは外見だけが好きなんでしょ、なんて馬鹿にするが、そんなんじゃない。ちょっと興味あるだけだ。ダチにな

りたい。なのに、あのコはなんであんな必死に逃げたんだ？

「だって、絶対に悪い人だと思って」

心の中の質問が聞こえたかのように返事が返ってきたかと思うと、見上げた空に撫子の顔がひょこっと現れた。心配そうに覗き込んでいる。撫子は逃げ去らずに戻ってきたのだ。

「腰、大丈夫？」

「なでしこ！」

「てゆうか、あなた、さっきから私のこと呼び捨てで、相当なれなれしいよね。初対面なのに」

そうか、じつは初対面だった。それに気づいて照れ笑いする弦太朗。

その弦太朗の笑顔につられて、つい撫子も笑顔になった。

「いい顔で笑うんだね、あなた」

「お前こそ、相変わらず最高の笑顔だぜ、なでしこ」

「だから相変わらずって、どういうこと」

「説明させてくれるか」

「聞くわ。どっかでなにか奢《おご》って」

オリジナル撫子は割り切りの良い性格らしい。都会っ子というか、サバサバした感じだ。そう考えると、ＳＯＬＵなでしこは純朴な田舎娘だった。宇宙という壮大な田舎から来たわけだが。

誰もいない室内プール。水面は静かだったが、それを見つめる彼の目はイライラと怒りで揺れている。日に焼けた細マッチョな天高男子が一人、プールサイドに立ち尽くしていた。端正な二枚目。穂積聖瑠だ。

「未菜のやつ、なんなんだ？　マジ意味わかんねえ」

穂積は今さっき、付き合っている彼女からハンバーガーショップに来てくれとメールで呼び出された。まだ放課後じゃないぞ、デートにしちゃあ気が早いな、いや、俺に会いたくてしかたないのか、そうかそうか愛《う》い奴《やつ》と行ってみると、未菜はパニクって泣きじゃくっていた。いきなり「あなたと別れる。プロム・パーティーも行かない」と言われた。突然すぎる申し出も未菜の態度もおかしいので、どうした？　何があった？　と問いただしてみるが、気が動転していてまともに答えられない。ただ最後に「きさらぎげんたろうのせいだ」とだけ言い残して去って行った。

如月弦太朗？　うちの学校の有名なリーゼント野郎だ。あいつが俺の未菜に何かしやがったのか？　くそっ！　イライラするな。

イライラする。

イライラするぞ！

いらつきながら歩いていたら、いつの間にか学校のプールにいた。

「ああああああああああああ」

穂積は絶叫した。

自分でも不思議に思っているのだが、穂積はいつも突然イライラする。イライラしだすと衝動がもう抑えられなくなるのだ。キレる。周りの人や物に当たり散らす。何をしでかすかわからない。今日のように原因がはっきりしているときもあるが、理由なくキレることもある。

ザブン！　穂積は制服を着たままプールに飛び込んだ。

潜ったまま水中で絶叫する。ゴボゴボ、ゲホゲホ。当然だが、水を飲んでしまった。もう何もかもイライラする。水中で手足をバタつかせる穂積。だが、しばらく潜っていたら、水の冷たさが穂積をいくらか冷静にした。

バシャッと顔を出して、咳き込みながらも息をする。はあ、はあ、ふう。ちょっと落ち着いた。

この俺のイライラ破壊衝動は病気なんだろうか？　やっぱり医者に診てもらったほうがいいのか？　穂積の右腕にはけっこう目立つ傷がある。小学生のとき、ささいなことで腹を立て自宅の窓ガラスをぶち破ったときのものだ。このままじゃ、いつか取り返しのつかないことをしてしまうような気がする。怖い。自分で自分を抑えられないのが怖い。

そのとき、冷たかったプールの水が突然生暖かくなった。それに、やけにヌルッとした感触がする。なんだ？

照明がいきなりバツンと消えた。

「え？」

仄暗《ほのぐら》いプールの中で穂積は、自分の周りの水が黒く染まっているのを見た。いや、黒じゃない。これは濃い赤だ。まさか、血？

「何、何だよ⁉　これ」

恐怖に固まる穂積の前で、ぬうっと赤い水が隆起した。人か？　女？

血まみれで最初はわからなかったが、天高《うち》の制服を着ている。このプールで溺れ死んだ女子高生の幽霊か何かか？

「穂積くん。いいんだよ」

うわっ、幽霊がしゃべった！　俺の名前を呼んだ！　ひいっ！　穂積はたまらず泳いで逃げた。必死にプールサイドまでたどり着き水からあがろうとするが、ガッと足首を掴まれた。細い指が足首に食い込む激痛。

「ぎゃあ――っ‼」

そのまま恐ろしい怪力で水中に引きずり込まれた。ザブンッ。

「イライラしてもいいんだよ。それは君の個性。いや、武器だ」

「え？　何？　何なんだ！　マジわかんねえ」

「ぞんぶんに暴れてよ。いっしょに楽しもう。プロムを」

血まみれ少女がすっと水のしたたる拳《こぶし》を突き出した。

そこにはゾディアーツスイッチが握られていた。

「星に願いを」

なぜか穂積はそのときだけは不思議とイライラしなかった。素直にスイッチを受け取った。

3

友子が涙目でずんずん歩いている。少し遅れてついていくライダー部員たち。ＪＫと蘭も合流済み。昴星に遼子たちはいないようなので天高に戻ることにしたのだ。

部長として臨んだミッションが空振りに終わったことが友子にはたまらなく悔しいようだ。ユウキが慰める。

「部長のせいじゃないよ、友子ちゃん。昴星遠征の成果は出なかったけどさ」

「部長の私が行こうって指示したんですけどね」

「でも部長のせいじゃないよ。ま、みんなで来る必要はなかったかもだけど」

ユウキとしては腫れ物にでも触るように気を使いながら慰めているつもりなのだが、実際は傷口に塩を擦り込んでいることに気づいていない。ヒステリックに睨《にら》む友子。

「で、弦太朗はどこに行ったんだ、ＪＫ？」と流星が聞く。ゾディアーツが関わっていると聞いて、いっしょについてきたのだ。

「逃げていった本物の美咲撫子さんを追っかけていきましたけど、どうですかね。そのあとがんばれるかどうかは弦太朗さん次第っすね」

「何をがんばれるって？」

「恋の成就っすよ」

「なんだ。こんなときに弦太朗はデートか？」

「ですよね。ライダー部としての自覚がなってないんじゃないかしら」

蘭はケッと吐き捨てるように言った。撫子に対する弦太朗の態度が恋心全開すぎて、おもしろくないのだ。どいつもこいつも邪念だらけ。もはや、真面目に仕事に集中しているのはハルだけだ。

「えっと、ゾディアーツ探しですが、とりあえずフードロイドたちには探査範囲を街全体に広げてもらっています。何か発見したら、このアストロスイッチカバンに連絡が入るはずです」

少し前までは気弱な新入生だった天然パーマの後輩男子もすっかり部の戦力だ。ユウキは頼もしさを感じた。こうして後輩たちがしっかりしていけば、先輩である自分はもうお役御免ということ。ああ、私たち卒業するんだなあ、という実感がわいてきた。まあ、賢吾を怒らせてしまったり、ゾディアーツが暗躍していたりと、無事に卒業できなそうな不穏な雰囲気ではあるのだが。

「弦ちゃんはデートかあ。うまく青春してるかなあ」

青臭いのが青春だ。

弦太朗はSOLUのなでしこと初めてデートした遊園地に、美咲撫子を連れて行った。

思い出のジャンボ肉まんを差し出す弦太朗。座布団くらいある、常軌を逸した巨大肉まんだ。かつて、なでしこはこれを一口で食べた。あのときはびっくりしたが、今では良い思い出だ。

「なんか奢ってくれとは言ったけど……これ？　こんなに大きいの食べきれないよ」

と撫子。無理もない。

「……そうか」

何か物足りなさを感じながら、弦太朗は思い出の観覧車に乗ろうと誘った。

「撫子、せっかく来たんだし、あれ乗らねえか？」

「うーん。私、高いとこ、ちょっと苦手なんだよね」

そのわりには、さっき屋上の手すりを乗り越えて逃げようとしていたが。

「そっか……」

何もかもが正反対。やはりこの撫子は撫子であってなでしこでないのだ。弦太朗があからさまにガッカリしていると、

「……いいよ」

「え？」

「乗ろっか、観覧車」

それまで塩対応だった撫子が甘い顔を見せた。あまりに気落ちしている弦太朗を見て、いたたまれなくなったようだ。

「いいのか？　高いところ苦手なのに」

「別に落っこちるわけじゃないもんね。ふふ」

「おう、もし落ちそうになっても俺が助けるぜ」

弦太朗の顔がぱあっと明るくなった。


落語研究会の部室では地獄大喜利が続いていた。

賢吾は、まるで歌舞伎役者のように見得をきって、次々と変顔を繰り出す。顔自体がおもしろいわけではないのだが、その必死さが何かおかしい。だが鬼島は、

「笑えんなあ」「もっと頭使って」「本気でやってる？」容赦ない判定を下し続ける。

さすがの賢吾もバカバカしくなってきた。よく考えたら前回のように「魂」を握られているわけではないのだから、こんな余興に付き合ってやる筋合いはない。いっちょ力ずくで聞き出すか、腕力に自信はないが、などと考えていると、鬼島が急にポンと扇子《せんす》で膝《ひざ》を叩き、話題をふってきた。

「アタシは如月弦太朗は認めてないんだ」

「突然、なんだ？」

「あいつは、地道に稽古《けいこ》したり、技術を磨くってことをしないでしょ。自分が持っているものをなんの戦略もなしに、ただぶつけるだけ。でも、それでなんとなーくうまく切り抜けてるのさ」

「それが弦太朗だ。よく見ているな」

「その点、流ちゃんは違う。あのコは拳法で日々鍛錬しているし、頭も切れるし戦略家だ。共感できる」

「朔田のことは認めているんだな」

　たしかに鬼島と流星は似ているかもしれない。先ほどの落語の稽古を聞いてわかったが、鬼島は常に努力し続け、技術を磨き続けている。宇津木遥先生に罪をなすりつけるためにキックボクシングを独学で習得したりもしていた。流星も最初は正体を隠して仮面ライダー部に潜り込んだ。しばらく「良い奴」を演じ続けていた戦略家だ。

「で、それがどうした？」

「如月って彼女いるかい？」

　突然の話題に賢吾が不覚にも虚を突かれていると、

「いないだろうねえ。恋愛は駆け引きだ。如月みたいな単純な男にはダチはできても彼女はできないのさ。賭けてもいいが、流ちゃんならほっといたって女のほうから寄ってくる。アタシといっしょでね」

賢吾にとっても耳が痛い言葉だった。俺はユウキとけんかした。だが、そもそも俺はユウキとどういう関係なのか？　入学以来、誰よりも長く共に過ごし、互いの信頼関係には自信があった。が、今はその自信すら揺らいでしまった。

そんな賢吾の胸中も知らず、鬼島が話を戻した。

「あ、中断しちゃって悪いね。続けて、変顔」

まだやれと言うのか……本気で殺意を覚えた賢吾が、鬼の形相になった。

それを見て、鬼島が思わず吹き出した。

「ちょっとちょっと何だいその顔は！」

賢吾が殺意に頬をひきつらせながら鬼島に詰め寄った。

「笑ったな鬼島。話してもらうぞ」


観覧車の赤いゴンドラがゆっくりと上昇していく。その中には、撫子が微妙な表情で座っていた。向かいに座った弦太朗の顔を探るように見つめながら、

「にわかには信じられないような話ね」

「どこらへんが？」

「あなたが、そのアストロなんとかで仮面なんとかになったところから、その水飴《みずあめ》みたいなのが私の姿をコピーしたってところまで」

「全部じゃねえか」

「全部よ」

弦太朗に興味が湧《わ》いたのか、席を立って隣に座る。間近でじろじろと顔を眺める。

「なんだよ、おい」

「俺は一直線。不器用ですから。小細工しません。みたいな顔してさ、意外と手の込んだ誘い方するのね。壮大なつくり話、おもしろかったわよ」

撫子は信じなかったようだ。全部ほんとのことなのだが。

「たしかに顔はイケメンだよね。いいよ、いっしょにプロム行ったげる」

「…………」

「どうしたの？」

「……悪い。本当は、俺の好きななでしこと踊りたい」

え？　となる撫子。

「その、さっきのつくり話に出てきた宇宙人のこと言ってるの？」

「ああ。……ごめん、半端に誘ったりして」

思わず吹き出す撫子は、でもすぐに真顔になって、

「へえ、一途なんだ。いいね」

最高の笑顔で微笑んだ。

弦太朗は、その笑顔を見たとき、この「もう一人の撫子」とも急速に距離が近づいた気がした。二人の間に温かく落ち着いた空気が流れた。

「弦太朗くんみたいに人の懐にそんな強引に飛び込めたら、友だちいっぱい出来るだろうね」

「おう。ダチならいっぱいいるぜ」

「私はダメだなあ。そこまでは無理。私じつはさ、アイドルになりたくて、学校には内緒でオーディション受けて、一時期ちょっとそんなことやってたんだよね。すごい大人数いるグループの研修生みたいなこと」

「へえ」

「でも、しんどかったあ。女同士の友だち付き合いっていうの？　精神的には『付き合い』っていうより『どつきあい』って感じだった。みんなライバルなわけだし。それで、しんどくなって辞めちゃった」

弦太朗は、わかったようなわからないような感じだったが、とりあえずうんうんと頷《うなず》いた。

「でも、ホントはダチ？　……が欲しかった。いっしょにがんばれる仲間。さっき君に追っかけまわされながら思ったよ。ああ、こんなふうに素直に自分を出せばよかったのかな……って。私、やっぱり殻《から》に籠《こも》ってたんだって思うもん」

「あんたもいろいろ大変だったんだな。でもこれからは心配ねえ。しんどいときは俺が助けに行くぜ。俺とあんたはもうダチだからな。だろ？」

弦太朗が右手を差し出した。撫子が、はにかみながらその手を握った。その表情は、さっきまでのスレた現代っ子のそれから、まるで幼い子供に戻ったかのような可憐《かれん》なものへと変わっていた。弦太朗もニッと微笑み返すと、そのままその柔らかな手と「友だちのシルシ」を交わした。もちろん撫子はその意味を知らないのだが、でも、それが何か特別なものであるということは、不思議と心に伝わっていた。

「もうアイドルは目指さないのか？　将来はどうすんだ？」

「将来？　ふふ。今はね、アイドルじゃなくて、アイドルのプロデューサーになろうと思ってる。あ、男性アイドルね。私、イケメンが大好きなの」

撫子も明確に進路を決めていた。弦太朗の周囲には将来のビジョンが明確な若者が多いようだ。

「あなたは？　どうするの」

「それが悩んでるんだ」

「らしくないじゃん」

と言って、撫子は自分で吹き出してしまう。

「今日初めて会った人に言う言葉じゃないか。あはは」

外を見ると、街が広く見渡せた。ゴンドラがいちばん高いところに到達しようとしている。

はるか遠くを眺めながら、撫子が言った。

「あなたがプロム・パーティーで踊る相手が、あなたの将来を決めるキーパーソンなのかもね」

「へ？　どういう意味だ？」

「だって、プロムって言ったら高校生活最後の思い出でしょ？　その思い出抱えてその先に進むことになるわけじゃん。……いずれにせよ、あなたは自分のキモチに正直な人みたいだから、求める答えはひとつなんじゃないかな。……あなたの高校生活でいちばん影響を与えてくれた女子って誰？」

そう言われて弦太朗は改めて周りの女子たちのことを思い浮かべてみた。やっぱり宇宙に帰っちまったなでしこか？　他に誰かいるか？　美羽か？　友子か？　まさか、蘭か？　何かピンと来ない。

ユウキか！　ユウキとはずいぶん長い付き合いではある。でもユウキは賢吾と踊るはず。けんかしてはいるが……。

「いるはずよ、あなたにドーンとインパクトを与えた人物が」

ドーン！　その瞬間、どえらいインパクトが二人を襲った。

「きゃあ」

「何だ？」

ゴンドラがぐらんぐらん揺れている。地震？　いや、違う。もっと異様な衝撃だ。

二人は、地上から五十メートルは離れたゴンドラの窓の外に奇妙な物体を見た。新手のゾディアーツだ！　黒い骸骨が蝙蝠《こうもり》のような羽を生やして、空を飛んでいる。怪人は帆座《ほざ》ヴェラ・ゾディアーツだ。弦太朗は賢吾のように知識がないのでスター・ラインから何座かは読み取れないのだが。

ヴェラはゴンドラの扉部分に手をかけると、鍵ごと破壊してガシャンと開け放った。風が吹き込んでくる。

「いやああああああああ」

扉側に座っていた撫子が恐怖で絶叫した。

「何者だ、お前」

ヴェラが黒いエナジーを吐き出しながら言った。

「イライラするんだよおおおお」

「何だ？」

「ああ、イライラする！　如月弦太朗おおおお。お前、一人でいい思いしてんじゃねえぞ」

ヴェラは手前に座っていた撫子の手首を摑むとグイッと引き寄せ、何もない中空に放り出した。

「!!」

弦太朗が伸ばした手は、届かなかった。

4

賢吾と鬼島は落研部室を出て中庭で対峙《たいじ》していた。

「さあ、話してもらうぞ。ゾディアーツ復活の黒幕の話」

「なんだい、そりゃ？　話をするのはやぶさかじゃないが、そんな演目、アタシャ持ってないよ」

鬼島は嘘をついている様子でもない。

「そうか……これは俺の予断が過ぎたか。質問を変えよう」

賢吾は、クールだが強い視線を投げつけた。

「弦太朗の話では、M－BUSでお前はほかの二人よりもやけに寝覚めが良かったとのことだが、じつは眠っていなかった、あるいは早く目覚めていたんじゃないのか？」

コールドスリープ・カプセルの中で鬼島だけは完全に眠らずに意識があった……そう賢吾は推測していた。

「そこで何か見たんじゃないのか？　鬼島」

「……いやあ、鋭いね。歌星賢吾」

感心した様子で鬼島がにやける。

「体質なのかね。アタシはたしかにたまに目を覚ましてたよ。退屈でしかたなかったけどね。それで、どう暇つぶししていたか聞きたいかい？　アタシの頭の中には『脳内寄席』っていうのがあってね。お客さんがたくさん入った高座でね、まあ、いろんな噺《はなし》を繰り返し披露するっていう、簡単に言うとイメージトレーニングなんだけどね？」

「その話はいい。実際に起きた事柄を聞かせてくれ」

「繋《つな》がっているんだから、黙ってお聞きよ」

「繋がってる？」

「あるとき、脳内寄席に知らない客がやってきたんだよ」

「客？　どういう意味だ？」

「破廉恥な行為さ。脳を覗かれたんだよ。怪物に」

空中に放り出された瞬間は、自分の身に起きた事態が把握できなかった撫子だが、はるかかなたの地面に向かって落下しだしたとたん、その口から信じられないほどの絶叫がほとばしった！

「きゃあああああああああああああ」

死のフリーフォールだ。

だが、弦太朗は素早かった。眼前のゾディアーツを蹴っ飛ばして押しのけると、そのまま迷わずダイブした。落下しながらフォーゼドライバーを装着してスイッチを四つ一気に入れる。

『3』『2』『1』

カウントダウンもそこそこにロケットスイッチをオン、レバーをガシャン！

「変身！　宇宙ぅ」

フォーゼになると同時にロケットモジュールが火を噴いた。瞬間超加速！　撫子が地面に激突する寸前、横からバッとキャッチして、そのままの勢いで上昇した。

「キタ————ッと。ふう」

「死んだ？　私死んだの？　てか、あんた誰！」

「落ち着け、俺だ、弦太朗だ」

パニクッている撫子をなだめながら、そういえばＳＯＬＵなでしこもなぜか空から落ちてきたのをキャッチしたのが出会いだったな、とのんきに思った瞬間、ヴェラ・ゾディアーツが高速で飛んでくるのが見えた。撫子をサッと庇うのが精いっぱい、ガードする暇もなく横っ腹にヴェラのパンチを貰って吹っ飛んだ。

「ぐはっ」

いくら変身後のライダーボディとはいえ、アタックが強烈すぎる。一瞬、呼吸が止まり、片手で抱いている撫子を落としそうになる。

「いやあああああああ」

終わらない恐怖の絶叫マシン状況で、撫子の目は完全にぶっ飛んでいる。

ヴェラはギュイーンと空中で方向転換すると、なおも攻撃すべく飛んでくる。フォーゼは、右手はロケットモジュールで飛行しながら左手は撫子を抱えていなければならない。両手がふさがっている。

「なめやがって」

フォーゼがホイッと撫子を上空に放り投げた。

「きゃあああああああ……」

自由になった左手でベルトのスイッチを入れ替えて、オン。左脚に無数の鋼鉄の棘《とげ》がついたモジュールを出現させた。

『スパイク、オン』

ヴェラは「やばい！」と思ったものの、もう止まれない。

「おりゃあ！」

フォーゼがカウンターで顔面キックを食らわせた。グシャッ！「ぎゃあ」と悶絶してヴェラは落下していった。

フォーゼは左手をパラシュートモジュールに変え、ロケットをオフ。落ちてきた撫子を右手でキャッチすると同時にボンッとパラシュートが開いた。

「大丈夫か、撫子」

「大丈夫なわけないでしょ！」

フォーゼの腕に抱かれてゆらゆらとパラシュートで落下しながら、撫子はヒステリックに怒鳴った。

「だから観覧車なんか乗りたくなかったのに！　乗りたくなかった――っ！」

「ごめん。でも約束どおり助けたぜ」

「うるさい。もう下に降りたいっ！」

フォーゼをバシバシ叩く。

「おわわ、危ない、暴れるなって」

フォーゼが下を見ると、遼子とすみえがこちらを見上げながらゆっくり歩いてくるのに気づいた。

「ゲッ、遼子にすみえ！　嫌～な予感」

二人がスイッチを取り出した。オン。遼子はカリーナ・ゾディアーツに。すみえはプッピス・ゾディアーツになった。

「ええ？　すみえもゾディアーツなのか？」

カリーナがフォーゼの着地点を目指してドドドドッ、肋骨アタックで迫ってくる。

「うわあ、やべえ」

　フォーゼは慌ててパラシュートをオフし、左手をジャイロモジュールに切り替えた。ローターで上昇してカリーナの攻撃を回避すると、そのままさらに上昇して停止中の観覧車に戻り、もとの扉の壊れたゴンドラへ撫子を避難させた。

「やだやだ！　もう乗りたくないよ」

「ここのほうが安全だから入ってろって」

　撫子を無理やり押し込んでいると、ババンッ！　背中に被弾した。プッピスの硬化触手ミサイルだ。

「ぐはっ」

　完全に背後をつかれたからたまらない。そのまま落下して地面に激突した。

「くっ」

　立ち上がろうとしたところを、今度は嫌というほど蹴り上げられた。さっきの飛翔怪人ヴェラだ。右手にはカリーナ。左手にはプッピス。三体のゾディアーツに囲まれてしまった。

「弦太朗―――っ！」

　撫子はたまらず叫んだ。こんなの、一人じゃ絶対ムリじゃん！　が、フォーゼは、

「三対一か。へっ、おもしれえじゃねえか。それくらいのハンデでちょうどいいぜ」

　リーゼントを掻《か》き上げるかのように、白いトンガリ頭をキュッと撫でると、

「仮面ライダーフォーゼ、お前ら全員とタイマンはらせてもらうぜ」

グッと拳を突き出した。


鬼島の話はこうだ。

不定形の小さな〝ナニカ〟が、M‐BUSの中に紛れ込んでいた。ナニカはカプセルの中にどういうわけか侵入し、眠っている三人の脳を次々にスキャンしたのだと言う。

「スキャンって、どういうふうに?」

「直接だよ。耳、鼻、目、ひょっとしたら皮膚からも、そういった穴という穴から体内にゆっくり侵入していっておそらく……いや、思い出すとキモチ悪くなるから詳しく言いたくないね」

そのとき、鬼島だけは目が覚めていたので、体内侵入も実感していたという。とにかく自分の身体が取り返しのつかないことになりそうな感触をゆっくりと時間をかけて味わったとのことだった。

「脳を覗かれている実感もあったのか」

「あったね。アタシの記憶の中を覗いたそいつは落語の演目には興味を持たなかったけど、ゾディアーツに関することだけは興味を持っていたようだった。もちろん、あくまでアタシがそう感じた、っていうだけの話だけど」

「で、そいつはブレインスキャンしたあと、どうしたんだ？」

「どこか行っちまったよ。わからない。だけど地球に戻ってきても、そのナニカが近くにいる感じがする。ひょっとしてあいつ、ここ最近のゾディアーツ騒ぎにも関係しているんじゃないか」

賢吾は考える。

「不定形の……ナニカと言ったな？　まさか」

「心当たりがあるのかい？」

「ある……今の話だけではわからないが。だが、恐ろしいことが起きそうな気がする」

「起きるだろうね。ま、アタシはおもしろければ、何でもいいけど。へへ」

余裕で笑う鬼島に背を向け、

「とりあえず、今はそれだけ聞ければ十分だ。じゃあな」

「おいおい、教えてもらってお礼もなしかい？」

鬼島がそう言うので、賢吾は最後にとっておきの変顔を見せてやった。

『エレキ、オン』

フォーゼはエレキスイッチをオンにして、金色ボディのエレキステイツにチェンジした。バチバチと帯電した電撃棒ビリーザロッドをカリーナとヴェラに食らわせる。

「がっ」

「ぐおっ」

はじけるように吹っ飛んだ。スタンガンの何万倍もの威力、人間だったら一瞬で炭化するほどの攻撃だ。だが、こいつらには深手とまではならないようだ。すぐに立ち上がり、警戒して少し距離をとる。

「少しは効いたみたいだな、よし、それなら」

ビリーザロッドのコンセントを差し替えて次の技を出そうとしたそのとき、攻撃を素早く避けていたプッピスが指示を飛ばした。

「穂積！　遼子を抱いて飛んで。地面が危ないッ」

「何⁉」

地面にロッドを突き立て、地を這う電撃を食らわせようとしたフォーゼの攻撃が寸前で回避されてしまった。

「なんでわかった？　なら、これはどうだ」

ジャイアントフットスイッチを入れて、オン。右足にモジュールを出現させると、その場でドンと地面を踏む。すると、プッピスの頭上に巨大な足型のエネルギー体が出現して踏みつぶす！　はずだったが、寸前で見切られて避けられてしまった。

「くそっ、また」

　そこに、ヴェラが低空飛行してきてフォーゼにタックルを食らわせた。吹っ飛ばされた先にはカリーナの牙がパックリ口を開けて待っている。クラッシュ！

「ぐあっ」

　強烈な一撃をくらった。カリーナはそのまま肋骨噛みつき攻撃を執拗にしかけてくるが、フォーゼは左足にエアロモジュールを装着し、強力な風を吹き付けて辛くも脱出した。だが、距離をとった先に、待ち構えていたかのようにプッピスが触手ミサイルを撃ち込んできた。

『クロー、オン』

　右手に鋭い爪型モジュールを出現させて払いのけたものの、何発か被弾した。

「ぐあああああ」

　プッピスを指さすフォーゼ。

「おい、すみえ！　お前まさか、俺の次の攻撃がわかるのか？」

「ふふふ。私、視界の隅に小さい窓があって、意識を集中させるとそこに十秒先の未来が映せるの。不思議な力でしょ『なんてやっかいな能力なんだ、くそー、どうすりゃいい』」

「なんてやっかいな能力なんだ、くそー、どうすりゃいい……はっ！」

　しゃべろうとしたことまで先行されてしまった。ただでさえ三人相手でしんどいのに、

次の攻撃を予測して対応してくるなんて、

「キツすぎるぜ！」

撫子は止まった観覧車のゴンドラから、フォーゼとゾディアーツたちとの戦いを見下ろしていた。

「弦太朗の話していたことは本当だったんだ……」

しかもあの子、すごいピンチじゃん！　怪人三匹相手に相当苦戦、ていうか絶体絶命？

困った。誰かいないの？

だが、周囲にいた遊園地の客や従業員たちは、突然始まった怪人たちの大迫力アクションショーが催し物ではなく〝本物〟だと気づいたとたん、転がるようにして逃げ去って行ってしまった。そりゃそうか。私でもそうするわ。むしろ真っ先に逃げるタイプだし。

でもあの子、もう知り合ってしまったから放っておけない！

戦いの場は、回転するコーヒーカップのあたりに移っていた。はるか上から見下ろしていると、壮絶なバトルもティータイムにお盆の上で人形遊びしているみたいで、まったく現実感がない。それくらい、あまりに突飛なビジュアルだった。

「ああん、なんで？」

弦太朗の攻撃全然当たんないじゃん。あ、しかも不意打ちくらって武器の棒みたいなのを弾き飛ばされちゃった。わわ、骸骨みたいなのに羽交い締めにされちゃって。

危ない！　棘ムカデとイソギンチャク女が近づいてきた。マジやばいんですけど！　ああ、でも、私に何ができる？

「神様、あのトンガリ頭の仮面なんとかを、弦太朗をお助けください！」

はたして祈りが通じたのか。一人の若者が戦いの場へゆっくりと歩いてきた。怪人たちも弦太朗も戦闘に夢中で気づいていないようだ。

あれ誰？　昴星《うち》の学校の制服着てる。知ってる人かしら？　遠くてよく見えないけど、イケメンっぽい。ん？　何か腰に巻き付けた。ベルト？　手を大きく回して何かポーズをとっている。

「あ！」

撫子はまばゆい光に思わず目を覆った。

強烈なエネルギーが若者の周囲に凝集し、キラキラ光る球体となって若者を包み込むと、そのままヒューンと飛んでいった。

それを見た撫子はなぜだか安心しきって、フッと気持ち良く、気を失ってしまった。

フォーゼは羽交い締めにされ、完全に体の自由を奪われていた。ロッドを落としてしまって電撃も出せない。二人のゾディアーツが攻撃しようと近づいてくる。最大限にボディの口を全開にして迫るカリーナ。こいつにモロに嚙みつかれたらヤバい。プッピスが触手を長剣風に硬質化させて大きく振りかぶった。おいおい、俺の首を切り落とそうってのか？

「くそおおおお」

そのとき、ドッカーン‼

光る隕石が落ちてきて、カリーナとプッピスをいくつかの巨大コーヒーカップといっしょに派手に吹き飛ばした。さながらでっかいちゃぶ台返しだ。

光球が弾け、中から黒いボディに青い流れ星のようなマスクの戦士が現れ、

「仮面ライダーメテオ。お前らの運命《さだめ》は俺が決める」

ブルース・リーのように拳法のポーズをピタッと決めた。

「どあっ！　何だ？」

驚いたヴェラがつい力を緩めたすきに肘打ちを食らわせて、フォーゼはようやく羽交い締めを振りほどいた。

「助かったぜ、流星」

メテオと背中合わせで構える。「ナゲジャロイカが教えてくれた。ライダー部のみんなも来る」

「ありがてえ！　ナゲジャロイカの中のどいつだ？　ナゲロパか、ナゲストか、ナゲイオか……」

「おい！　礼なら後にしろ」

「だな」

カリーナが立ち上がって、シャーッと吼《ほ》えた。ヴェラもやたらとイラついているようだ。プッピスは新たに参戦したメテオを冷静に見つめている。

フォーゼもバンバンとトンガリヘッドを叩いて気合を入れ直す。

「さあて、第二ラウンドだ。三対二ならもう負けねえ。おい流星、あのビラビラした女神像に気を付けろ。あいつは攻撃の先を読む。やっかいなヤツだ」

「よし、あいつは俺に任せろ。行くぞ弦太朗」

「おう！」

向かってくるメテオを見て、プッピス・ゾディアーツことすみえは焦った。視界小窓の未来ビジョンをつけると、メテオが超高速パンチの連打をしかけてくるのが見える。

「見えるわ。そんな攻撃すでに見切って……！」

その瞬間、メテオの拳がプッピスの顔面を打ち抜いていた。

「なぜ⁉　私の予測能力は完璧なハズ！　ぐっ！」

メテオの最初のパンチのスピードは、プッピスの先見感知のスピードを超えていた。その容赦ない流星群のような拳の雨に、プッピスは次の予測を行うことができない。

「ホオオオオオ、ワチャーッ、ホワチャーッ！」

超高速パンチをシャワーのように浴びせるメテオの必殺技だ。

「げッ！」

プッピスの未来ビジョンに、乱打に捕まってボコボコにされる自分が映った。恐怖で胃袋がせりあがってくる。

「いやあああああ」

ドス！　ビジョンどおりに、メテオの拳がプッピスのボディにめり込んだ。

ドス！　ドス！　ドス！　ドス！　ドス！　ドス！　ドス！

「うぎゃああああああああああ」

メテオの乱打を喰らって、プッピスは壮絶に吹っ飛んだ。

メテオが一息つく隙を狙って、カリーナが背後から襲った。

だが、背中に目がついているかのように裏拳一発！

「ホワチャー」

「ぐあっ」

すかさずメテオギャラクシーのレバーを入れて指紋認証。

『マーズ』『ＯＫ』

メテオの右の拳が燃える。必殺技マーズブレイカーをカリーナに見舞った。

「ぐはああ」

カリーナが腹を押さえて悶絶《もんぜつ》する。

「強いわ、コイツ！」

メテオはトントーンとステップを踏むと、

「俺は弦太朗のように、進路だ、プロムだと悩んでないんでね。お前らを倒すことだけに集中している。来い」

実際、メテオに比べてフォーゼは戦いへの集中力がどうも散漫だ。質問を投げかけたりしている。

「おい、そこの蛾《が》みたいなやつ。お前も天高生なのか？」

たしかに帆座怪人ヴェラ・ゾディアーツは、羽を生やした骸骨といった姿で、全体的なフォルムは蝶もしくは蛾のように見える。帆に風を受けると、そのエネルギーを増幅させてバサーッと飛翔《ひしょう》、フォーゼの周りを鬱陶《うっとう》しく飛び回って攻撃している。

「お前もプロムが嫌でこんなことやってるんじゃないだろうな」

しつこく聞いてくるフォーゼに、ヴェラがキレた。

「うるせーよ。俺はイライラしてるんだよ。答えて欲しけりゃ、俺を倒してみろ。オラ」

飛びながら、顔面に膝蹴りを見舞ってきた。それはブロックしたフォーゼ、

「こいつでいくか」

赤い20番スイッチを取り出すと、10番エレキスイッチと交換した。

『ファイヤー、オン』

燃えるようなコズミックエナジーに包まれ、真っ赤なファイヤーステイツにチェンジした。右手に出現したモジュール、ヒーハックガンを構える。

「喰らえ」

消火器のようなデザインの銃から、洒落《しゃれ》にならないくらいの凄まじい業火が放たれた。

とっさに避けたヴェラだったが、帆の端が燃えた。

「アッチイイイイ」

たまらずバサーッと逃げだした。

「逃がすか」

『ホイール、オン』

赤フォーゼが左足に車輪のモジュールを出現させて急発進、地上から猛烈に追跡していく。さながら超高速のセグウェイに乗っているかのようだ。

よろよろと飛んだヴェラがジェットコースター乗り場に降り立ったのを見ると、フォーゼは「よっ」とレールに飛び乗り、ギュイーンとホイール大回転、あっという間にヴェラに追いついた。

「しつこいな、てめえは！　イライラするぜ」

「降参するなら、ゾディアーツスイッチをよこせ」

「誰が降参するかよ」

　ヴェラが両腕を突き出すと、骨の上に巻かれていた布がシュルルッと高速で飛び出して、フォーゼに巻きついた。

「うわっ」

　アッという間に包帯グルグル巻き状態で全身の自由を奪われてしまった。

「お前、こんな攻撃もできるのか」

　ヴェラはその簀《す》巻《ま》きフォーゼをジェットコースターの先頭に蹴り入れると、操縦小屋に入って発車ボタンを押した。ガタンガタン。コースターがゆっくりと動き出した。フォーゼは進行方向と逆を向いている。

「お、おい」

　このままじゃどうにもならない。フォーゼは芋虫のようにもごもごと這いずってなんとか立ち上がったものの、ガタゴト揺れるコースターの上では立っているのがやっとだ。脱出しようともがくが、もがけばもがくほど包帯が食い込んでくる。

「痛ってえ。この布、丈夫だな」

　左手さえ動かせれば、とちょっとずつ動かしていく。

　いける！　左手少々なら動かせる。そうしている間にも、コースターはガタンガタンとレールの頂上に向かって徐々に上昇していく。逆向きなので、いつ落ちだすのかわからない。ドキドキだ。

焦るフォーゼの向かいにヴェラがフワッと飛び乗った。楽しそうに高笑いして、

「たまにはジェットコースターもいいもんだろ、如月」

「お前、男だろ？　俺は野郎と二人でこんなもん乗る趣味ねーんだよ」

「ま、そう言うな。こっからがおもしろいんだから」

ジェットコースターに立ち乗りしているにもかかわらず、ヴェラが余裕の態度で変身解除した。穂積聖瑠だ。

「おっ、会ったことあるな、お前」

「ああ。でも話したことはなかったよな。三年A組、ヨット部の穂積聖瑠だ」

「よろしく。今日からダチだな」

フォーゼの姿のままだが、マスクの顔が不思議と笑っているように見える。ガクッとなる穂積。

「調子狂うな。死のジェットコースターに乗ってるんだぞ。あんまイライラさせるな」

「穂積、お前進路決めたか？　進学か？」

「浪人だよ。大学、全部落ちたよ。でも、どうしても医学部行かなきゃなんねえんだよ、俺は」

「医者か。決まってるのか」

「親が医者でな。俺もそう望まれてる」

「ふうん、お前みたいなイライラした医者、嫌だけどな」

「うるせーっ！　俺だって好きで目指してるわけじゃねえんだよ。だけど、敷かれたレールの上を進むしかねえんだ。ガタンゴトン進んでいって、ある日突然、俺の人生、急降下するんだよ。だが、お前が落ちるのが先だ、如月！　ぎゃはははは」

穂積は自虐的に笑いながらスイッチを押すと、再びヴェラ・ゾディアーツになって飛び上がった。次の瞬間、ジェットコースターが頂上を超え、一気に下降し始めた。

「うおっ！」

ゴオォォォォォ!!

コースターはフォーゼをうしろ向きに乗せたまま、猛烈な勢いでレールを滑り落ちていく。

フォーゼは必死にバランスをとりながら、なんとか動かせた左手でスイッチを入れ替えた。

『シザース、オン』

左手を巨大なハサミに変え、刃先を布にひっかけて一気に拘束布を切り裂いた。コースターがグルッと大回転するタイミングで、左手をシザースからウインチに換装。ワイヤー付きのフックを、浮遊するヴェラに向けて射出した。

「ナニィ⁉」

カギ爪がガシッとヴェラの肩に食い込んだ。フォーゼはワイヤーを一気に巻き取って上昇し、そのままの勢いで頭からヴェラに突っ込んだ。

「どはぁっ！」

強烈な頭突きだ。バランスを崩したヴェラが回転しながら地面に落下した。もちろんフォーゼもろともだ。そのままもつれるようにゴロゴロと転がって、ガツンッとメリーゴーラウンドの柵にあたって止まった。

「痛てて、アハハ」

「貴様ァ、無茶苦茶しやがって。何がおかしい⁉」

怒りのヴェラにかまわず、フォーゼは腹を抱えて笑った。

「どうだ、穂積。レールから外れるのも、これはこれで楽しいんじゃねえか？　あははははは」

フォーゼがあまりにも大らかに笑うので、戸惑うヴェラだった。

ナゲジャロイカの報告を受け、ライダー部のみんなも駆けつけてきた。ユウキ、友子、JK、蘭、ハル。あっちで、こっちで、ダブルライダーのド迫力の戦いが繰り広げられている。

半年ほど続いた平穏な日常から一気に引き戻された感じだが、まあこれが彼らの高校生活そのものとも思えてくる。

「なんか……勝ってるっスね」

とJKが明るく言って口笛を吹いた。

フォーゼは今やヴェラ相手に優勢に戦っている。メテオに至ってはプッピスとカリーナの二体を相手にしているにもかかわらず圧倒している。迷いのない戦いぶりのメテオは頼もしい。

「ユウキさん、いまさらだけど、流星さんって強くなりましたよね」

そう言う友子に対して、ユウキは力強く頷いて補足した。

「弦ちゃんが、流星くんを変えてくれたから」

アリエス・ゾディアーツの一件で、流星は親友の命と引き換えに、弦太朗の命を奪った。その後、弦太朗はコズミックステイツの力を得ると同時に奇跡の蘇生を果たしたが、それはあくまで奇跡。流星が自分の仕出かした「取り返しのつかないこと」について、何も思わないはずはなかった。口に出して言ったことはないが、それからの流星は「弦太朗のために命をかけて戦う」ことを胸に刻んだようだ。それ以降、メテオは日々強くなっている。

弦太朗と関わることによって、自分の生き方を良い方向に変えることができたのは流星だけではない。友子もＪＫも、蘭もハルも、賢吾もそうだ。幼なじみのユウキだって、子供のころ、節目節目に弦太朗の言動に助けられてきた。弦太朗には人を元気にする才能がある、ユウキはいつもそう思っている。

「弦太朗さん、流星さん、そろそろやっちゃってください。リミットブレイクからのゾディアーツスイッチ、オフ。そんで回収！」

とＪＫが調子に乗って声をかけた。両ライダーの戦いの場はメリーゴーラウンド脇の広場へ移った。

「よっしゃ」

「わかった」

フォーゼとメテオが頷く。フォーゼはファイヤースイッチをベルトから抜き、ヒーハックガンに。メテオはメテオスイッチをベルトに入れたまま、オン。

『リミットブレイク』

『リミットブレイク』

両者、腰を深く沈めて、今まさにゾディアーツたちに必殺技を繰り出す、そのとき！

……友子が叫んだ。

「きゃあああああああ」

ガクッとなって必殺技を出し損なうフォーゼとメテオ。

「どうした？　友子ちゃん？」

「邪魔すんなよ。何かあったか」

皆も不思議そうに友子を見るが、当の本人はがくがく震えて、逆に聞き返す。

「何かって？　みんな感じないの？　この吐きそうな、血腥《ちなまぐさ》い、邪悪な空気！」

ＪＫがユウキと顔を見合わせて、

「何か感じます？」

「言われてみれば、たしかに何か……」

さっきまでは無風だったのに、妙に生暖かい風が吹いている。ドロッとした不快な空気が身体に纏《まと》わりついてくる奇妙な感触。

夕刻、まさに太陽が沈もうとしているとき、空が紫がかった夕焼けに不気味に染まった。遠くから雷鳴が聞こえる。もはや霊感の鋭い友子でなくてもはっきりと感じ取れるほどに、異様な空気があたりに充満していた。まるで大きな手で胃袋をわしづかみにされたような強烈な不快感。友子が唇を真っ青にして倒れ掛かるのを、みんながあわてて抱き留めた。

ゾディアーツたちはこの不快感の正体を知っているらしい。さっきよりも落ち着きを取り戻したように見える。怪人態なので表情はわかりづらいのだが、どうもニヤニヤ笑っているようだ。

「おい、弦太朗。何か来るぞ」

「みたいだな」

轟音！

雷鳴かと思ったものは、何か別の音だったらしい。

ドドドドドドドドッ、ドドドドドドドドッ！

耳を塞ぎながら、ハルと蘭が大声で言う。

「バイクの音？」

「これが？　どんなサイズのバイクよ」

ブロロロロロオオオオオ‼　生温い空気を引き裂いて、ノーヘルの血まみれ女子高生が超高速のバイクに乗ってやってきた。バイクは妙に生き物じみた存在感を漂わせたボロボロのアメリカンバイクで、バイクというよりむしろ「バイクの幽霊」といった趣だ。車輪の跡が紫の炎に燃えている。

キキイッ！　ゾディアーツたちと対峙するダブルライダーの前に止まった。

フォーゼとメテオのほうにゆらあと振り向けられた血まみれ少女の顔は、笑っていた。

正確には口もとは笑っているように見えるのだが、眼は前髪にほとんど隠れて意思のようなものは読み取れない。深淵《しんえん》。瞳の位置にただの深い穴が開いている、そんな印象である。ユウキは思った。この目は〝闇〟だ。それも、どこか見覚えのある〝闇〟だ。そこにいる誰もが、彼女の異様なオーラに息を飲んだ。

だが、フォーゼだけは違った。口火を切る。

「あんた、ケガしてるみたいだけど大丈夫か？」

軽い感じで聞いてみる。

「そこかい⁉」

ＪＫが勇気を出して入れたツッコミは、少女の放つ不吉な空気の上をただ素通りしていった。

そこへ賢吾が駆け付けた。

「おいっ、これはいったいどういう状況だ？」

友子らに聞くが、誰も答えられない。

フォーゼには、もうひとつ気になることがあった。この少女、どこかで見覚えがあるような？　もしくは誰かに似ている……。だが、それが誰だか思い出せない。

メテオがズイッと前に出た。

「いよいよ親玉の登場ってわけか。こいつらにスイッチ渡したのはおまえか？」

「そうだよ」

ゆらりとバイクから降りて、すっくと立つ少女。

「あれは！」

賢吾が目を見張った。よく見ると腰にフォーゼドライバーとメテオドライバーを合わせたようなベルトを装着しているではないか。驚く一同を尻目に、少女は手慣れた調子でガチャリとレバーを入れ、スイッチをパチパチパチとオンにする。

『３』
『２』
『１』

カウントダウンのコールが不気味に響き、誰もが息を飲む中、
「変身」

血まみれ少女は紫の光に包まれたかと思うと、仮面の異形に変身した。深紅と黒のボディが夕日を受けて濡れたように鈍く光っている。背中には翼。だが、その翼は折れていた。まるで堕天使の出で立ちだ。目の下に走った赤いラインが、泣いているかのようだ。

「仮面ライダー？」

まさか、と思いつつ、友子が思わず訊《き》いた。

堕天使は大きく頷き、フォーゼとメテオに向かって言った。

「オレはイカロス。仮面ライダーイカロス」

その名に特別な何かを感じたユウキが復唱する。

「イカロス……」

誰もが恐怖を感じていたそのとき、メテオが先手必勝とばかりに攻撃をしかけた。

鋭い蹴りだ！

「ホワチャー」

瞬間、イカロスの身体を疾風が包み込んだかと思うと、右腕に竜巻となって凝集した。

イカロスがその腕を軽くふるって竜巻をメテオに投げつけると、メテオは渾身の蹴りもろともあっさりと吹き飛ばされ、そのまま二十メートルは離れたメリーゴーラウンドの中にガッシャーンと突っ込んだ。すべてが一瞬の出来事だった。

「この野郎！」

フォーゼが拳を握って突っ込もうとすると、イカロスはまたも手を前にふるって竜巻をぶつけ、これもあっさりと退けた。イカロスには風を自在に操る力があるようだ。それもとてつもなく強大な力が。

「勘違いするな」

「何？」

「君たちと今、戦うつもりはないよ。ここでオレが変身したのは、彼らに仕置きをするためだ」

「え？」

驚いたのはプッピス、カリーナ、ヴェラだ。

イカロスは竜巻を全身に巻き付けると、その勢いのまま体操選手の様に回転しながら空高く舞い上がった。ゾディアーツたちの頭上に飛んでいくと、頭が胴から千切れるぐらいの勢いでビシバシビシッと顔を蹴りつけた。

「がやあ」

「ぐお」

「ああ」

3ゾディアーツはたわいもなく吹き飛ばされ、そのまま変身解除してしまった。

「な、何なんすかこいつ」

さすがのJKも軽口を忘れて後ずさった。

一人冷静さを取り戻した賢吾がハルからアストロスイッチカバンをもぎ取った。イカロスのコズミックエナジー・データを取り込んで解析するのだ。

「やはり、あいつ……！」

賢吾の目がくわっと見開かれた。

イカロスは穂積たちを見下ろして言った。

「穂積、星は君の願いを叶《かな》えてくれるよ。だが勝手に行動するな」

うんうんと慌てて頷く穂積。

「君たちもだよ、遼子、すみえ。今すべきは、彼らと戦うことじゃない」

「わかったよ」

「すみませんでした」

二人も従う。

「わかったら行って」

イカロスが紫色の竜巻を三人に放つと、ライダー部員たちが「あっ」と声を上げる間もなく、三人は姿を消した。

部長としての責任感か、背を向けたイカロスに友子が震える声で尋ねた。

「あなたたちの狙いは何なの？　プロムを開催させたくないの？」

イカロスの返事は意外なものだった。

「ちがうよ。プロムはどうあっても開催してもらう」

「え？」

「プロム・パーティーは予定どおり行ってもらい……その上でぶっ潰す」

宣言するイカロス。

「同志もあと一人で揃《そろ》う。スイッチはもう渡してある」

そう言い残すと、イカロスは幽霊バイクにまたがり、轟音を立てて走り去って行った。

無残に変わり果てた遊園地に静けさが戻った。だが、ライダー部員たちはただ立ちつく

していた。もう一人のライダー？　あの圧倒的な強さ、邪悪さ、そしてあの宣言……時間を忘れて佇んでいたが、

「たいへんなことになりそうっすね」

とようやくＪＫが呟いた。

友子は、震える身体を自分自身で抱きとめるかのようにして、かろうじて立っている。

ライダー部経験の少ない蘭とハルの一年生コンビは圧倒されたようで、言葉もない。

フォーゼとメテオが変身解除した。二人の表情もいつになく硬い。

「仮面ライダーイカロスだと？　何者なんだ？」

片手であしらわれたことを悔しく思う流星が吐き捨てるように言った。

賢吾は何か気づいたことがあったようで、アストロスイッチカバンを操作し夢中で解析を続けている。

弦太朗も何か気になっている。

「あの女子高生、俺、知ってる気がする」

ユウキは、血まみれ少女の目の〝闇〟が何だか思い当たったった。宇宙だ。月面から見た宇宙は、あんなふうな闇だった。宇宙は、希望とかロマンとかを感じさせる一方で、得体のしれない深く遠く続く闇でもあるのだ。

不気味な紫の夕焼けはイカロスの退場とともに漆黒へと変わっていた。

いつの間にか、夜だった。

第三章　卒業前日

1

「いそいでえええええ」

「おい、そんなに走ってたら転ぶぞ」

キャリーバッグを転がしながら全速力で走るユウキを、弦太朗がやはり全速力で追っかけている。羽田空港・国内線ターミナルで例の絶叫全力疾走だ。ほかの客にとっては迷惑極まりない。弦太朗はいつもの学ラン姿、ユウキも制服姿なので、かなり目立つ。周囲の注目を浴びている中、足をもつれさせたユウキが豪快にすっ転び、三回転した。

「むあーっ」

キャリーバッグだけ先にシュパーッと転がっていく。

「いったーい」

「だから言っただろ。大丈夫か」

弦太朗がユウキに手を差しのべて立たせてやる様子を、離れたところから見ている男がいた。周囲の客のような冷ややかな視線を送るでもなく、また好奇の目で眺めるでもない、独特なねっとりとした視線。弦太朗とユウキの方は彼に気づいている様子はない。

「弦ちゃんが手土産《てみやげ》買うのに迷い倒すからだよ。そもそも手土産、いるの？」

「人んち行くとき、土産持っていくの常識だろ」

「弦ちゃんに常識を説かれると傷つくなあ。迷い倒して、鳩サブレーでしょ」

「旨いぞ。鳩サブレー」

「知ってるよ。でも飛行機出ちゃったらどうすんの」

「そんときは、やっぱりロケットモジュールで飛んでいく。ユウキは背中に乗れ」

「ぬあー。それじゃあ、私超しんどいし、危ないよ。ならコズミックステイツでワープしようよ」

「俺かお前か、どちらかがイメージできるところじゃないとワープはできねえんだよ。M－BUSにワープできたのだって、流星がいたおかげだろ。ユウキは今から行くとこ、知ってるのか」

「ん、行ったことはない」

「じゃあ、やっぱりこの便に乗るしかねえな。急ぐぞホラ」

「遅れたのは弦ちゃんのせいなのに、もう」

二人、バタバタと搭乗手続きをしに行く。

濃い黒のサングラスをかけた謎の観察者は、やや距離をとってゆらりと後に続いた。痩せ型で、身長は高くもなく低くもない。短髪に寝癖がついている。弦太朗とユウキの行動をただただ観察していく。

二人が手荷物検査の列に並んだころ、ユウキが弦太朗の耳もとでひそっと言った。

「ね、弦ちゃん。私、さっきから何か視線を感じる」

「誰だ？　敵か？」

「わからない。なんか気持ち悪い視線」

「……イカロスか？」

弦太朗は、昨日感じた血腥《ちなまぐさ》い空気を思い出していた。その邪悪な空気をまとった血まみれ女子高生は、皆の前で変身して仮面ライダーイカロスと名乗った。結局手合わせすることはなかったが、弦太朗の野性の勘はイカロスをとんでもない強敵と伝えていた。次に戦ったら、きっとただではすまない。

そのイカロスの正体を確かめるために、弦太朗とユウキはある場所へ行くことにしたのだ。弦太朗の勘が正しければ、あの血まみれ女子高生は弦太朗がよく知っている人物だ。

だが一方、そんなことはありえない。なぜなら弦太朗が血まみれ女子高生の正体だと思っている人物は、女子高生などではないのだ。「とにかく会いに行ってみようよ」というユウキの提案に背中を押されて、卒業前日にして大胆に学校をサボり、弦太朗は今ここにいる。

「この視線はイカロスではないと思う」

首をふるユウキ。

「……なんて言うか、イヤラシイ視線。ネトッとしたエロい感じの」

弦太朗の緊張が解ける。

「さっき派手に転んで、パンツ見せてたからかな」

「ちょっとお、弦ちゃん。真面目に言ってるんだから」

弦太朗が笑いながらゲートをくぐった瞬間、ビーッと鳴った。

「お？」

「何か金属製のものを身に着けているようでしたら、こちらに入れてください。たとえばベルトとか」

空港の女性職員に指示されて、

「これかな」

ガシャン！　リーゼントの少年が取り出した、スイッチがたくさんついている不審な物体。女性職員の顔が一気にこわばった。

「……お客様、これは何でしょう？」

危険人物・弦太朗が爽やかに答える。

「フォーゼドライバーだ」

一般人の知らない名称を言ってもよけい怪しまれるだけだ。女性職員の警戒レベルが上がった。

「このスイッチはいったい何のスイッチなんですか？」

「ロケットスイッチだ。こっちはランチャー。こっちはドリル」

はからずもかなり物騒な会話になっている。

「あわわ、それは怪しいものじゃないんですー」

ほかの職員や警備員も集まってきたので、うしろで見ていたユウキが慌ててフォローに入った。

その後方。サングラスの奥からネトッとした視線でその様子を眺める男。その手にはゾディアーツスイッチが握られていた。かすかに震える手に汗がつたう。

「スイッチ……機内に持ち込めないのか?」

三年生の卒業式を翌日に控えた新・天ノ川学園高校は、意外なくらい静かだった。

優希奈たちプロム実行委員会のメンバーたちだけは最後の追い込みでバタバタしているが、一般の生徒たちは何事もなく日常の生活を送っている。そこに緊張感はなかった。

唯一緊張しているであろうと思われた宇宙仮面ライダー部の部室も、緊張感に欠けていた。OB・OGの大学生コンビが来ていたのだ。スタイル抜群の美女・風城美羽と、キラーンと流し目ポーズをとるハンサムガイ・大文字隼。

「いやあ、元クイーンと元キングの二人がいると、うちの部室も華やぐ感じがするっスね。なんかラビットハッチに帰ってきたみたい」

「この俺のスター性がそう感じさせるのか。やっぱりな、ハハハハハハハハ」

隼がのけぞって笑っていたら、のけぞりすぎてバターンと倒れた。

「だ、大丈夫ですか」

ハルが気遣って駆け寄る。

「悪の仮面ライダーか。それはヤバそうね」

美羽が会長然として偉そうにつぶやいた。

「大丈夫。君は俺が必ず守るよ、美羽」

「そういう問題じゃないでしょ、隼。ふざけないで」

最近は、美羽はファッションモデル、隼は部活のアメリカンフットボールが忙しい。二人とも、それを将来の仕事と見据えているので、学業以上に各々の活動に精を出している。ホロスコープスも壊滅したので、ライダー部に顔を出すこともめったになくなっていた。

友子は氷のように冷たい目で一瞥すると、

「誰が呼んだのよ。まったく」

ボソッと小声で毒を吐く。

美羽が椅子に座って、美脚をシュパッとかっこよく組むと、友子を指さした。ビシッ。

「新部長！　会長の私に詳しく説明して」

隼もニカッと笑い、白い健康的な歯を光らせる。

「説明してくれ」

「…………」

友子は気に食わないのだ。アホな隼はともかく、卒業した今でも会長ヅラしている美羽のことが。まだ前部長のユウキほど部長らしさを発揮できていないというのに。目の上のタンコブの上のタンコブだわ。友子のイライラした感じが伝わってくるだけに、蘭もハルも縮こまっている。賢吾だけは一人、アストロスイッチカバンで黙々と何か解析している。

「あの、僕のほうから簡単に状況をお伝えします」

ハルが挙手して、今回のゾディアーツ騒動の詳しい報告をした。

「ふうん、プロムか……」

美羽の脳裏に、去年弦太朗と踊ったプロムナイトが懐かしくよみがえった。美しい横顔に自然と笑みが広がる。良い笑顔だ。隼にとっては苦い思い出のはずだが、同様にまぶしい笑顔を見せた。

「あれは俺にとって儀式だった。あの儀式を乗り越えて、高校時代という巣を旅立てた気がする」

キラーンとおなじみのポーズでかっこつけながら語る隼。

オバサンとオジサンの思い出話なら勘弁してよ、長くなるから。と、口には出さないが、顔には出す友子。

そんなことはいっさい意に介さず、美羽がハルに聞いた。

「あら？　そういえば、弦太朗とユウキは？」

「謎の仮面ライダーの正体について、心当たりを調べに行きました。今ごろは飛行機に乗ってると思います」

「飛行機に乗って？　そんなに遠くへ行ってるの？　二人きりで？」

美羽、少し考えて、

「怪しい……」

「何がですか？」

「恋の予感がする」

にやりと笑うと、自信満々に言い放った。賢吾のキーボードを叩く手がピタッと止まる。

一応、弦太朗のパートナーに立候補している蘭も穏やかではない。

「弦太朗さんとユウキさんが？　そういう関係に？　ないない。あの二人、幼なじみでしょ。いまさら恋愛に発展するってことはないですよ」

チッチッチ。わかってないわね、という顔で美羽が舌を鳴らした。

「プロムの直前は、男も女も揺れるのよ」

隼も、わかるなあ、という顔で頷いた。

「美羽もそうだった。発情した」

「誰が発情よ。ヘンな言い方やめなさい」

隼にボディブローをドスっと喰らわす。

「でも、揺れるのはホントよ。高校生活の中でいちばん影響を与えてくれたのは誰かって見つめなおすと、そこで自分のキモチに気づくことがあるの。弦太朗もそうだし、ユウキもきっとそうなんじゃないかな」

ハルが賢吾の様子をチラと見ると、解析作業で一心不乱にキーボードを叩いている。会長の言うことなんて気にしてないみたいだな、とホッとしたが、次の瞬間思わず二度見した。よく見ると、キーボードではないところを叩いてる！　大丈夫か賢吾さん……心配になるハルだった。

白いひこうき雲を伸ばして、青空をかけていくジャンボジェット機。

機内では、弦太朗がフォーゼドライバーを手にして、

「これ、爆弾とでも思ったのかな？」

と不思議そうな顔をしている。

「そうでしょ、きっと。焦ったよお」

隣ではユウキが徹夜で受験勉強でもしたかのようにグッタリとしていた。

空港職員に危険物だと思われたドライバーだったが、ユウキは「工業科の授業で製作中のゲーム試作機」であると言い張った。

「今からちょっと使ってみますね。こうやって、こうやって、こう！」

架空の設定をでっちあげ、スイッチやレバーをガシャガシャさせて遊んで見せる。ユウキのキュートな動きに、空港職員たちから笑いが起こった。張りつめた空気と警戒心がほどけていく。とりあえず危険性も認められなかったため、なんとか持ち込みが許可された。やれやれ、と一息ついて、ユウキが言った。

「実際、爆弾でも危険物でもないんだから、持ち込めて当然なんだけど」

弦太朗は感心していた。

ユウキは、直面した危機に対していかに対処すれば良いのか、とっさに判断して即座に行動した。これが弦太朗だけだったら、誤解を解くのに時間を取られ、飛行機に乗り遅れていただろう。トラブル処理能力は宇宙飛行士に求められる資質だ。宇宙では何かが起きても警察も救急車も来てくれない。管制室は協力してくれるだろうが、最終的にはクルーだけで問題解決しなければならないのだ。映画『アポロ13』でやっていた。

「ユウキは宇宙飛行士になっても立派にやっていけるな」

素直な尊敬が、弦太朗の言葉には込められている。

ユウキの頰が誇らしさで赤く染まった。

「え、そうかな？　ありがと」

弦太朗は、ふっと、美咲撫子に言われた「あなたの高校生活でいちばん影響を与えてくれた女子って誰？」という質問を思い出した。幼なじみではあるが、天高に転校してきて以来、自分の高校生活でいちばん影響を与えてくれた女子と言えば、やはり城島ユウキということになるのではないか？　ユウキはフォーゼの変身の仕方から教えてくれた。

撫子はこうも言った。俺がプロム・パーティーで踊る相手が、俺の将来を決めるキーパーソンなのかもしれない、と。俺がユウキとプロムで踊る？　付き合いが長すぎて異性として見たことがなかったが、それ、なんか意外と自然な気がする！

弦太朗は、妙にドキドキしながら隣をチラ見した。ユウキが窓外一面の雲海を眺めている。そのまぶしそうな表情に、初めてキュンとなった。

こ、こんなに近くにいたのか、俺のヒロイン⁉

だが次の瞬間、弦太朗の脳裏に賢吾の顔が浮かんだ。

……賢吾はどうする？

あいつのユウキへの気持ちは知っている。痛いほどわかっている。裏切れるのか？　高校生活最後に、ダチのせつない想いを踏みにじって、俺は笑顔で卒業できんのか？　できるわけない。

「どうしたの、弦ちゃん？　飛行機怖い、わけないよね？」

ユウキが急に顔を覗き込む。意識したとたん、そんな何気ないしぐさがかわいく見える。

「やべえなあ」

「？」

俺が三角関係？　この問題は、どんなゾディアーツよりも強敵かもしれない。ああ、もう！　とりあえず今から行く捜査が終わるまでヘンなことは考えないようにしよう。気持ちを入れ替えるべく、大声を出して気合を入れる弦太朗。

「うおおおおおっ、よーしッ！」

グッと拳を握った。だが、ユウキは目を丸くし、ほかの乗客たちは一斉にビクッとなり、ＣＡは給仕中のコーヒーをこぼし、弦太朗は厳重に注意されるのだった。

美羽の予想どおりに弦太朗が桃色ムードを漂わせている一方で、ライダー部はようやく作戦会議となった。

ＪＫの報告によると、遼子・すみえ・穂積、三人とも学校に来ていない。卒業を明日に控えて、天高は落ち着きを取り戻している。

「みんなまとめて、どこかに潜伏しているんですかね？」

ハルの素直な発言、そこに友子の直感が引っかかった。これがいわゆる〝嵐の前の静けさ〟なのか。

「……まとめて？」

目を伏せて考える友子。友子の超感覚には一目置いている賢吾が尋ねた。

「どうした野座間？　何が気になる？」

「イカロスは言ってたよね。同志があと一人で揃う、スイッチはもう渡してある、って」

「ああ、たしかに言っていた。あと一人で揃う？　どういうことだ？」

友子が目を上げて呟いた。

「彼らの計画には、イカロスのほかにゾディアーツが計四人必要ってこと」

「四人……」

蘭が口を出す。

「じゃあ、そのもう一人って、誰ですか？　もう三人と合流しているのかしら？」

「それはわからないわ」

友子も賢吾も口をつぐみ、部室に一瞬の静寂が舞い降りた。

そこへ空気の読めない外国人のように、隼が爽やかに発言する。

「案外、みんな自分の家にいるんじゃないのか」

学園の元キングは発想がシンプルだ。何も考えていないだけ、という説もあるが。

「四人の家をそれぞれ回ってみようぜ」

「そうね。ほかに手が打てない以上、やれることはやっておきましょう」

と美羽。

「………」

友子の直感には響かない。だが、実際にほかに打つ手がないのだからしかたない。結局、それぞれの住所を調べ、手分けして行ってみることになった。

「じゃあ、班分けするわね」

と、美羽がホワイトボードに名前を書いて仕切りだす。

「JK、流星くんに電話して来てもらって。相手はゾディアーツよ、いざとなったらメテオがいないと危ないわ」

テキパキと指示を出す美羽を睨みつける友子。むう、この姑は現役部長の私を差し置いて、いったいどれだけ介入すれば気が済むのか。


南国の太陽は、気のせいか東京近郊で見るそれよりも存在感が大きい。黄色くまぶしく、じりじり照り付けている。今は心地良いというよりは、不快なほど暑い。三月だというのに真夏のようだ。

そんな太陽の下、弦太朗とユウキは、乗り継いだ小型のプロペラ飛行機から降り、小さな空港にすっくと立った。

「来たな、ユウキ。例の奴、やっとくか」

「だね」

二人、ぐーっと溜めを作ると、

「たねがしまー、キターッ！」

両手を挙げて、伸び上がった。ダブル〝キターッ〟ポーズだ。

そう。ここは種子島《たねがしま》。鹿児島の南方に位置する島で、鉄砲伝来の地として有名だ。ロケットを発射できる宇宙センターがある島でもある。

二人は自衛隊のポスターのように並んで、いい顔で遠景を見つめた。

「ここに、イカロスの正体がいる……」

ユウキが呟く。

「……はずだ。たぶん」

弦太朗が真顔で付け加える。

ユウキが焦って振り向いた。

「えー、弦ちゃん。ここまで来て、『……はずだ。たぶん』はないよお。交通費だいぶ使ったよ？　みんなから集めたライダー部の部費から旅費だしてんのよ」

「そんなこと言ったたって。わかんねえよ。青春に間違いはつきものだ」

「ここ、青春は関係ない」

「お前が行こうって言ったんだぞ」

二人はまだ、羽田空港からずっと尾けてきたサングラスで寝癖の男に気づいていなかった。彼もやはりこの小さな空港に降り立ち、陽光に目を細めながら二人をじっと見つめていたのだが。

一台のワゴンが止まる。そこは、空の青と木々の緑のコントラストが目に鮮やかな山中の展望スポットだ。

一組の家族が楽しげに降りてきた。小学校低学年くらいの男の子と、その後についてくる幼稚園児くらいの女の子が、真っ先に案内板のところへ行って、図と風景を見比べる。

「わあ、すげえ。マジすげえ」

「そう？　とおくて、ちいさいよ」

お兄ちゃんと妹では興味の度合いに差があるようだ。後から来た両親にお兄ちゃんが尋ねる。

「ねえパパ、ママ、あれがロケット発射するところだよね？」

そこは、世界でいちばん美しいロケット発射場と呼ばれるＪＡＸＡ種子島宇宙センターを望める展望スポットなのだ。

パパもガイドブック片手に来たところを見ると、地元の人間じゃないようだ。

「うんうん。そうだね。やあ、感激だなあ。ボクもついに宇宙の玄関に来たぞ」

「宇宙の玄関ですって。あなたったら急に詩人にでもなったの？　ふふ。男の子たちは、こういうの好きねー」

と、ママは若干退屈そうな娘をぎゅっと抱き寄せた。絵に書いたような幸せファミリーの微笑ましい振る舞い。

「ねえ、みんなで写真とろうよ」

男の子がぴょんぴょん飛びながらせがむので、パパがポケットからデジカメを取り出した。ふと見ると、少し離れた手すりのところで、独り佇《たたず》んでいる女性がいる。やはり遠方の宇宙センターを見つめているようだ。絵になる美人。

「よし、あの人に撮ってもらおう」

「パパったら若い女の人に声をかけたいだけなんじゃないの。もお」

「早く早く、撮ろうよ」

子供たちはもうポーズを始めている。パパはウキウキした気分で、その女性に近づいた。

「あの、シャッター押してもらっていいですか？」

美女は顔も向けずに即答した。

「嫌です」

それ以上は寄せ付けない、強烈で静かなる一刺しだった。空気が凍り付く音が聞こえたような気がした。

恐ろしく居心地が悪くなって、そそくさとワゴンに乗り込み、一家は立ち去った。

美女は何事もなかったように、再び遠方のロケット打ち上げ施設を眺める。

宇宙の玄関？　はしゃぐんじゃないわよ。鬱陶しい。

「あのお」

背後からまた呼ばれた。

しつこいわね。狩ってやろうかしら。

抑えきれない凶暴な衝動に駆られながら、美女は振り向いた。だが、驚いて目を見開いた。そこにいたのは先ほどの家族連れではなく、二人づれの高校生だった。

「あ、やっぱり先生だ。先生のご実家を訪ねたら、たぶんここにいるんじゃないかってお母様が教えてくれて」

ユウキがホッとした笑顔で言った。

「探したぜ、園ちゃん。はい。これ、土産」

弦太朗が鳩サブレーの紙袋を差し出す。

美女は、元・天高教師の園田紗理奈だった。

2

昨日、イカロスが立ち去った直後のこと。

ライダー部の大半はまだ茫然としていたが、弦太朗はあることに気がついていた。

「イカロスに変身した女子高生、園ちゃんだったよな」

「は？」

きょとんとする一同。

「じゃあ、園ちゃん先生が女子高校生のコスプレしてたってことっスか？」

ＪＫは半笑いで茶化した。

「いやいやいやいや」

皆も一斉に否定した。

だが、茶化しつつ、ＪＫは背筋にゾゾッと悪寒が走るのを感じた。

弦太朗の言うとおりだった。

そんなはずがないという先入観が邪魔して、自由な思考が阻害されていたが、たしかに似ていた。いや、似ていたというより、アイツは「園田先生の顔をしていた」。

ユウキも賢吾も友子も、「言われてみれば！」と次々に驚いた。

園田はM−BUSから救出されたあとは実家に帰っているという噂だったが、密かに天高に舞い戻り、恐ろしい復讐計画を画策しているというのか。

とにかく園ちゃんに会いに行ってみようということで、学校に戻って園田の実家を調べてみたら、鹿児島県、しかも種子島だという。

「種子島〜っ⁉　ＪＡＸＡの宇宙センターがある種子島ですと〜っ？」

ユウキが、私も行きたいと強硬に主張しだした。かくして「観光じゃないんだぞ」という周囲の反対を押し切って、弦太朗と二人で調べに行くことになったのだ。

その昨日の出来事を「悔しい」と思う部員が一人いた。ＪＫだ。

弦太朗はＪＫが持っていない優れた資質をたくさん持っている。けんかも強いし、背も高い。素直でまっすぐで、分け隔てなく誰とでも友だちになれる。それだけではなく、弦太朗には「本質を見抜く目」がある。そこがいちばん悔しい。血まみれ少女はたしかに園田先生の顔をしていた。なのに、自分はそれに気づけなかった。洞察力ではＪＫも負けるわけにはいかないというのに。噂話が根っから好きな彼は、将来ルポライターになりたいと思っていた。俺の生きる道はゲーセワな情報屋だ。取材には洞察力が求められる。ほかのところではすべて負けたとしても、そこだけは負けちゃいけない。たとえ相手が弦太朗であっても。

スキルアップしなくちゃ、と自分を戒めながらＪＫは、蘭とハルを引き連れて坂本遼子の家に着いた。

パンク少女は家にいなかった。昨夜から帰ってきていないらしい。

「親に黙って外泊なんて、ま、よくあることなんだけどね」

娘と同様に気の強そうな母親が、まったく気にしていない風に応対した。大胆な原色系ファッション。派手だ。彼女ももともと不良少女だったのだろう。態度がなんだかつっぱっている。だがＪＫの目には、娘のことをすごく心配しているように見えた。舌が割れているグレ娘のママは、中身は至極まっとうな母親。それがＪＫの洞察だ。

少し話してみると、遼子の学校友だちが家に遊びに来ることはめったにないらしく、ＪＫたちの訪問を受けて、娘のことを気にかけてくれる仲間がいることに、母親はとても安心したようだった。

「遼子もあんなにピアスとか開けて、学校で怖がられてるんじゃないかと思ってたけど、案外ちゃんとしてるのね、心配してくれる友だちもいて」

「いや、友だちっていうか、私たち、遼子さんと別にそういう関係じゃないんですけど」

と蘭がよけいなことを言いかけたので、ＪＫが慌てて黙らせた。

発育が胸に行きすぎてるせいか、この娘《こ》は人生の機微ってもんがわかってないんだよなー。


白い砂浜に寄せては返す波。そんな海辺に臨む敷地。緑の芝生に全長五十メートルの

H－Ⅱロケット実物大模型が横たわる。天高の帰りにいつも寄る筑波宇宙センターにもH－Ⅱロケットはあるが、ここは念願の種子島宇宙センター。大自然の中で見るその姿はまた壮観だ。宇宙オタクのユウキにとってはたまらない。パペット相手に大はしゃぎだ。

「いやあ、でっかいねー、はやぶさくん。来たかったんだー、種子島」

「おいおい遊びに来たんじゃないぞ。ユウキ」

そう言う弦太朗も満面の笑みだ。

「弦ちゃんこそ。あははは。あっ」

宇宙飛行士の立像の隣でポーズをとっていたユウキが、バランスを崩した。

「おっと」

慌てて弦太朗が抱きとめる。さっき飛行機の中でプロムの相手として意識したせいだろうか。ユウキの身体の感触、その柔らかさにドキッとして、弦太朗は思わず真顔でユウキを見つめた。すると、弦太朗のかすかな変化を感じたのか、ユウキの笑顔にもかすかな動揺が走った。視線と視線がぶつかった。

「…………」

「…………」

弦太朗は「やばい俺。ピンチだ」と思った。なんとなく意識したとたん、ユウキがかわいく見えてしかたない。プロムはユウキと踊りたくなってきた。だが、ユウキをプロムのパートナーに誘うことは、賢吾との友情が終了することを意味する。どうする俺？

一方のユウキもやはり違和感を感じていた。

なんか弦ちゃんの私を見る目が、さっきから変だ。なんて言うか、男臭い。まさか……惚《ほ》れたか？　ここに来ていまさら、私に惚れたのか？　えー？　どうする私？　賢吾くんとのプロムの話、あれ、正式にチャラになったんだっけ？　いやいや、別にまだ弦ちゃんに誘われたワケじゃないし。落ち着け、私。

ゴホン！　ゴホン！

咳払いの音に、二人はそれぞれの世界から引き戻された。園田が腕組みして立っている。

「青春ってワケ？　いちゃつくのを私に見せに来たの？」

「いや、園ちゃんに話を聞きたいと思って」

「さっきの展望台で話せばよかったじゃない」

「いや、せっかくだからこの憧れの宇宙センターで話したくて」

「せっかくって、何？　何なの、あなたたち」

照れ笑いしている二人を見て、園田の胸にふつふつと怒りが蘇《よみがえ》ってきた。

こいつら、いつもこうだった。私のペースを乱す。それまでの私は何も問題なく冷静に事を運んできた。数多くの生徒たちの〝星の適正〟を見極めたし、スイッチを配って着々とゾディアーツを生み出していた。ホロスコープスに覚醒する生徒は見極めきれなかったが、しくじったわけではない。時間が足りなかっただけなのだ。こいつらさえいなければ……とくに如月弦太朗。この男は私の天敵だ。こいつの馬鹿馬鹿しい振る舞いは、あろうことか、私の〝毒〟を次々に解毒する。

園田は深呼吸した。故郷の空気を吸い込むと落ち着く。心の平静を取り戻せる。そうだ。ここは私のホームだ。ここでは私の毒針がいちばん力を持つ。私は蠍《さそり》だ。

「園ちゃん、あんたが仮面ライダーイカロスか？」

弦太朗がいきなり質問してきた。

「なんですって？」

動揺する園田。またしても弦太朗にペースを乱された。

「違うのか？」

「……何を言ってるの？」

ユウキが紙切れを取り出した。短冊だ。

「さっきご実家に寄らせてもらったとき、先生のお母様にこれを見せてもらいました」

拙い字でこう書いてある。

『うちゅうひこうしになりたい。そのださりな』

園田は絶句した。その短冊は彼女を幼少期に引き戻す片道切符だ。

「気になるのは、ここだぜ」

弦太朗が短冊に書かれた文字を指さす。そこには、『わたしがのるロケットのなまえは〝イカロス〟』と書かれてあった。

「イカロス……」

園田が呟く。

「びっくりしました。先生も私と同じで、宇宙飛行士になりたかったんですね？」

ユウキの問いかけに、園田はぽつりと呟いた。

「……そうね」

ゆっくり頷き、語りだした。


マングローブ自生林のすぐそばにある小さな宿泊施設、そこが園田紗理奈の父母が経営する「民宿そのだ」だ。サーフィンなどマリンスポーツ目的の客がメインで、さほど忙しいということもない素朴な宿である。紗理奈は幼いころから島で評判の美少女で、宿泊客たちからもかわいがられていた。いっしょに海で遊んでもらったりして、小さいうちからサーフィンに夢中になった。渚の小さなアイドル。小麦色のリトルマーメイド。

客の少ない民宿だったが、満室になるときがたまにある。それは、ロケット打ち上げがあるときだ。打ち上げがあるという情報が流れると、この小さい島には宇宙マニアの見物客がどっと押し寄せ、「民宿そのだ」のみならず、島中の宿泊施設が満室になるのだった。

　最初、紗理奈はオタク客たちがあまり好きではなかった。サーファー客とはまったく違って、彼らはおしゃれじゃないし、むさ苦しいし、海がすぐそこにあるのに泳ぎもしない。ただ、酒を酌み交わし、やたらと熱く宇宙や宇宙開発について語りあったりしている。なので、紗理奈はそういうイケてない客にはたいていつれない素振りをしていた。だが、あるとき、優しそうなオタク客から一冊の本を貰った。「いらないなあ」と思いながらも受け取ったその本が、紗理奈の運命を変えた。タイトルは『遥かなる銀河の呼び声』。宇宙飛行士・我望光明の著書だった。なにげなく読み出したら引きずり込まれた。

「宇宙ってスゴイ！」

　それまでの自分を打ち砕かれるような衝撃を感じた。

　貪るように読み込んだ。やがて、そらで暗唱できるようになった。紗理奈はその本を通じて、我望からさまざまなことを学んだ。宇宙のこと、人類のこと、生き方のこと。そのうち必然的に宇宙マニアの客たちが話す宇宙開発の話にも自分から加わるようになった。マリンスポーツはやめたわけではなかったが、情熱は薄れた。それよりも、隣の家に住む幼なじみの少年といっしょに天体観測したり、自転車に乗って宇宙センターの見学に行ったりして過ごすほうが楽しくなった。いつしか少女はプロサーファーよりも宇宙飛行士に憧れるようになっていた。

『大きくなったら、うちゅうひこうしになりたい』

短冊に書く七夕の願い事は、毎年これになった。

園田がそこまで語ったところで、いったん止める弦太朗。

「ちょ、ちょっと待って。園ちゃん！　俺、今、この先の進路に迷ってて、将来何になりたいか、って話にすっげえ興味があるんだ」

ゾディアーツとの命を懸けた戦いが待ち受けているのに、「進路」というのものんきなものだ。

「園ちゃんが、憧れていた宇宙飛行士じゃなく教師になったのはなぜだ？」

人はやりたい仕事につけるとは限らないという発想が、弦太朗にはない。だから気を使ったしゃべり方ができないのだ。おめでたいというか、デリカシーがないというか。

「弦ちゃん、イカロスの話でしょ。進路相談じゃないのよ」

「でも話の流れってあんだろ」

またも園田を置いてきぼりにして揉《も》めだした。園田は自嘲ぎみに笑うと、パンパンと手を叩いて二人に注目させる。教師時代のようだ。

「わかったわ。どうせならコーヒーでも飲みながらやりましょうか。進路指導」

こいつらのペースに巻き込まれた。それはわかっている。でも付き合ってやろう。最後の〝教師ごっこ〟だ。

そうして青空進路指導が始まった。

青々とした芝生の上を、海風が気持ち良く撫でてゆく。弦太朗はその芝生にどっかりとあぐらをかくと、鳩サブレーを口に放り込んだ。

「美味い。鳩サブレー、最高」

「弦ちゃん、手土産とか言って自分で食べたかっただけじゃん」

そういうユウキもちゃっかり頬張っている。

貰った側の園田はサブレーには口をつけない。静かに紙コップのホットコーヒーをすする。

「甘い……」

ブラックにするつもりが、間違って砂糖とミルク入りのほうのボタンを押してしまったのだ。明らかにペースが乱れている。

「で、如月くん。あなたは何になりたいの？」

「わからねえんだ。どう決めていいのか」

「なら、大学に行っておけば？　四年もあれば、やりたいこと見つかるわよ」

「それでいいのかなあ」

心底悩んでいるという顔の弦太朗を、園田はじっと見つめた。如月弦太朗には、それまでの自分が打ち砕かれるような体験、出会い、そういうものがまだないのだろうか。いや。こいつはフォーゼだ。普通の高校生には考えられないような体験もしているし、修羅場も潜りぬけてきている。宇宙にだって行っている。ならば、そうした特別な経験も、こいつにとっては自分を「打ち砕く」までには至らなかったというワケか。

園田は甘すぎるコーヒーをまた一口すすった。

「園ちゃんの夢は宇宙飛行士だったんだろ。ユウキといっしょだ」

「夢……か……」

刹那、遠い眼をすると、園田はユウキのほうを向いて尋ねた。

「城島さんは夢に向かって進んでるんだ」

「はい。そのためにアメリカの大学行くことにしました」

まっすぐな目で笑顔で答えるユウキ。

まぶしいな、この子は。園田は嫉妬を覚えた。

「私、園田先生も宇宙に憧れてたって初めて知りました」

「ねえ。私のこと、先生って呼ぶのは、もうやめて」

「ゾディアーツだったからですか？　それはそれとして、先生は先生ですけど」

「私は、はじめから先生なんかじゃなかった」

「どういう意味だ？」

弦太朗も思わず口をはさんだ。

その質問には直接答えず、園田は話を始めた。

「私の夢はね、ある不幸な事故が起きてから、どんどん尖《とが》っていった」

「尖って……？」

「ええ、宇宙飛行士というよりも、アレになりたくなったの」

すっと空を指さす園田。細く長い指が示すその先にあるアレとは――太陽。

「太陽……？」

弦太朗は何のことだかわからないようだが、園田と同じく『遥かなる銀河の呼び声』の愛読者だったユウキには、その比喩がわかった。

「我望理事長のことですね？」

頷く園田。

「我望さまは太陽。私はその周りを回る衛星。ホロスコープスの一員になる前からそうだった。それが私の星の運命《さだめ》。だから十六の春、島を出たわ。我望理事長が創った天ノ川学園高校に入学するために」

園田は、出会う前から我望を盲信していたのだ。弦太朗はその根深い信仰に戦慄を覚えた。

創立時から一貫して、天高に入学する生徒の中には、男女問わず我望宇宙飛行士のファンが数多くいた。園田紗理奈もその一人だ。今から八年前、青い制服に身を包んだ紗理奈が初々しく天高に入学した。

入学したからと言って、生徒は理事長といつも接触できるわけではない。だが、「我望さんのようになりたい」という思考の持ち主は、やはり会いたがる。彼らは遅かれ早かれ理事長室へ我望を訪ねに行くのだ。そして、たいていそんなときは、立神吼《たつがみこう》という厳つい秘書に追い返される。同時にリストにチェックされる。「我望の信奉者にはゾディアーツの資質がある」——、そう見なされるのだ。リストに載った生徒にスイッチを配るのは、教師・速水公平《はやみこうへい》の役目だった。

速水ことリブラ・ゾディアーツにスイッチを渡された紗理奈はカニスミノル・ゾディアーツに変身した。星の運命《さだめ》は小犬座《こいぬざ》だ。自分は我望の忠犬であるという想いがそうさせたのだろうか？

カニスミノルは、さらにホロスコープスに進化する可能性があると見込まれ、そのゾディアーツ能力を伸ばす〝調教〟を速水から受けた。紗理奈は、自分のことを小馬鹿にしたように「小犬ちゃん」と呼ぶ二枚目教師が好きではなかったが、我望のためにがんばった。やがてコズミックエナジーをコントロールする術を習得した。優秀だった。覚醒するまでに、さほど時間はかからず、小犬は蠍に転生した。十二使徒の一人、スコーピオン・ゾディアーツの誕生だ。

紗理奈にとって〝赤い部屋〟で初めて正式に我望に謁見《えっけん》した日のことは忘れられない。あの方は、人類を宇宙仕様に進化させるという崇高な目的を語ってくれた。

「天高には、君の様にホロスコープスになる可能性がある若者が集まってくる。彼らを導くのが先兵としての君の役目だ」

そう熱く語ってくださった。そして、

「そのために本校の教師になって欲しい。君に期待しているよ、スコーピオン」

優しく微笑んで肩をポンと叩かれた。

そのとき、「私がやらねば」という使命感とともに、痺れるような快感が紗理奈の全身を貫いた。


「嬉しかった」

そこまで話した園田紗理奈は、そのときの感激を思い起こしたようにしばし目を閉じた。

「私の進路はそれで決まりよ。大学へ進学。教職免許をとって、教師として天高へ戻ったわ」

ユウキの顔にさっきのような笑みはもうない。園田にとって「教師」とは最初から、生徒にスイッチをばらまくための「偽りの姿」にすぎなかったのだ。

「教師になった理由は我望理事長の命令に従ってスイッチを配るため、だけ……？」

ユウキが尋ねると、園田はなんの迷いもなく頷いた。

「ええ。これでもまだ、私のこと先生って呼べる？」

ユウキは何も言えなかった。怖いような、寂しいような気分で心が冷え込んだ。

弦太朗がサブレーを呑《の》みこんで立ち上がった。

「もうひとつ教えてくれ、園ちゃん」

貫くように園田を見る。

「何かしら?」

「〝ある不幸な事故〟って何だ?」

「…………」

「園ちゃんの夢は〝ある不幸な事故〟が起きてから尖っていった、って言ったよな」

園田の表情が曇った。思い出したくない、そんなこと。なんであんたたちにそんな話までしなくちゃいけないの。黙り込んでしまった。

「……それは」

そのとき、周囲の空気が一変した。異臭だ。血の臭い。弦太朗は、海から吹いてくる風の温度が上がったような気がした。この感じ、知っている。奴だ!

突然、轟音! その方向にバッと振り向くと、眼前までバイクが迫っていた。とっさに身を躱す弦太朗のすぐ横を、鋼鉄の殺意がガオンッと通過した。

「血まみれ、キターッ!」

ユウキが叫んで飛び上がった。

　ギギギッと不気味に幽霊バイクを止めると、血まみれ少女が降り立った。

「イカロス……てめえ。こんなところまで追ってきてどういうつもりだ？」

「イカロス？」

　園田はハッとしてその少女を見た。

　カツンカツン。近づいてくる少女に、弦太朗がドライバーをスチャッと構えて臨戦態勢をとった。だが、なんか妙だ。血まみれ少女が見つめているのは弦太朗でもユウキでもない。園田だ。

　血まみれ少女が園田の眼前に立った。禍々しいその姿。園田は思わず息を飲んだ。

「誰？」

　血まみれ少女の口もとに悲しげな歪《ゆが》みが生じた。

「ひどいな、紗理奈ちゃん」

　血まみれ少女が前髪をかき上げた。そこには園田と同じ顔があった。いや、よく見ると若干違う。少しだけ幼い顔立ち。それは、〝高校時代の園田の顔〟だった。

「わ、わたしッ？」

　大人の園田紗理奈と、血まみれの少女・紗理奈が対面している。しかも、少女の声は男のそれだ。なんともシュールな状況に、弦太朗とユウキは言葉も出ない。

「オレ、さみしいよ。さっきだって〝ある不幸な事件〟なんて言い方して」

何かが園田の中で弾けた。思い当たったことがある。

「ま……まさか、あなた……イカロスって言うから、まさかと思ったけど」

「イカロスは紗理奈ちゃんがつけたロケットの名前だろ。それをオレの新しい名前にしたんだ」

「まさか、まさか、ツバサくん⁉」

「ん～、その姿のほうが良ければ、そうしようか」

ニヤリと笑って血まみれ少女がクルリと一回転すると、十歳くらいの端正な顔立ちの少年の姿になった。

「！」

少年の印象は白。白いシャツに白いズボンで、肌の色も澄んだような白さだ。弦太朗は、陳腐な表現だと理解しながらも「天使のようだ」と思った。

園田はこの世の最期でも見たかのような恐怖の表情を浮かべ、腰から崩れ落ちた。白い少年はゆっくりと近づいて、しゃがみ込んだ園田を抱きしめると、言った。

「かわいそうに紗理奈ちゃん。君の翼は、神話の中のイカロスみたいに折れちゃったんだね」

弦太朗とユウキは戸惑うのみだ。まったく状況が見えない。顔面蒼白で歯をガチガチ鳴らす紗理奈と白い少年をただただ見つめていた。

3

平良すみえの家は想像以上の豪邸だった。B級ファンタジー映画に出てくる建造物のような洋館だ。つまりは、豪勢だが少々現実離れして悪趣味。賢吾と美羽と隼は庭園の一角に通された。素晴らしい噴水のある池を一望できるあずま屋。悪趣味ではあるが、たしかに広大だ。共に「ウチの親、金持ち♪」を自負している美羽と隼も、「むむ」と唸《うな》った。

いいかげん待たされた後、一人の男がせかせかと現れた。体からギラギラした遣り手ビジネスマンのオーラが立ち上っている。そして、スマホ相手にしばらくしゃべり続けたのちに言った。

「すまんが、五分しか時間がない。で、用件は何だったかな?」

それが、すみえの父親だった。

「あの、すみえさんのことで……」

賢吾が言い終わらないうちに、

「プロム・パーティーの寄付金なら、十五日付で指定の口座に送金済みだ。領収書はうちの秘書課に回してくれるように言ったはずだが」

「そうじゃなくて……すみえさん、お家にお戻りですか?」

顔をひきつらせながら美羽が訊《き》く。

「明日のパーティーの準備とやらで、学校に泊まると報告があった。まあ、高校生活最後の思い出だ、特別に許可したよ」

すみえの父親は、そこで初めて美羽を見ると、その美貌に驚いたように「ほう」と声を上げた。

「君はすみえのお友だちかな？　いやじつに美しい」

じっとりとした視線に撫で上げられ、美羽の上腕にぞわっと鳥肌が立った。

「親御さんがうらやましい。うちのすみえは控えめな性格でね、上流の人間らしい華やかさというものがないんだ。明日のプロムで脚光を浴びれば自信につながると思うんだが」

こいつ、まるでわかってない！

美羽が何か言いかけようとするのを、隼がシッと目で制した。すみえがいないとわかれば長居は無用だ。まだ何か言いたそうな美羽を無理やり引っ張るようにして、三人は平良邸を後にした。

豪邸の門を出たところで隼がため息をついた。

「わかる。親の無理解。俺のダディもそうだった」

「あの父親、娘を自分の装飾品くらいにしか思ってないんだわ」

美羽もすみえに同情的だ。だが賢吾だけは違った。

「甘いな、先輩たちは」

「何よ、賢吾くん」

「いや、別に……それよりこれでＪＫたちの報告と合わせて、遼子とすみえは学校に行かず家にも帰っていないことがわかった。穂積の家を調べに行った野座間たちの報告を待って、そこにもいなきゃ、どうするか考えないとな」

一見いつもどおりのクールな賢吾だったが、胸中は波立っていた。

あんたら父親がいるだけ、いいじゃないか。幸せもんだ。俺はコアチャイルド。生物学的な父親はいない。父と呼べる存在の歌星緑郎も、この世にはもういない。

天野《あまの》ツバサ。

園田紗理奈とともに宇宙に憧れた幼なじみの少年の名前だ。

少女・紗理奈が自分が乗るロケットの名前を「イカロス」としようとしたら、

「イカロスって、高く飛びすぎて墜落しちゃった人……だよな？　たしか太陽の熱で羽根が溶けて」

と教えてくれて、

「太陽と友だちになればいいんだよ」

と励ましてくれたのがツバサだ。

そしてイカロスと同じように〝墜落〟したのもツバサだった。

「ある日、交通事故で死んでしまった少年。それがオレの正体」

白い少年は、弦太朗とユウキにそう言った。

弦太朗は難しい顔になる。

「うーん。全然わかんないぞ。俺が馬鹿なのかな？　わかったか？　ユウキ」

ブンブンと首をふるユウキ。

「お前、交通事故では死んでなくて、助かったってことなのか」

「そんなわけないじゃん。見てよ」

いきなり少年の頭から血がジワァと流れてきて、顔面と白いシャツを赤く染めた。

「うわっ」

「きゃっ」

びっくりして思わず抱き合う弦太朗とユウキ。それ以上に驚いているのが園田だ。

「ごめんなさいごめんなさいごめんなさい」

地面に伏せたまま、園田はひたすら謝りだした。

血まみれの少年は、それを寂しそうな眼で見つめて、言った。

「謝らないでよ、紗理奈ちゃん」

「でも……ツバサくん、私のこと恨《うら》んでる……」

「恨んでるも何も、オレは君自身じゃないか」

「私、自身？」

弦太朗とユウキにとっては、ますますもって意味不明な会話だ。

「おい、少年。ていうか、イカロス。お前、ちょっとはわかるように説明しようって気がないのか」

薄く笑って、少年が語りだす。

「オレが事故にあったとき、紗理奈ちゃんもいっしょにいた。そしてその事実は紗理奈ちゃんにとって衝撃的すぎたね」

「…………」

「二人で見に行った花火大会。オレたち二人はささいなことでけんかしちゃったんだ。楽しい日のはずだったのに。だから帰り道、紗理奈ちゃんはちょっとだけオレと距離をとって先に歩いていたんだ。『ちょっと待ってよ』ってオレが言ってもスタスタ歩いて行っちゃってた。イジワルだったよね」

「……ごめんなさいごめんなさいごめんなさい」

「そうしたら、飲酒運転のオートバイがオレのほうに突っ込んできた」

少年はパンッと勢いよく手を叩いた。ビクッとする園田。

「ドカン！　グシャ！　それでオレの人生はお終い」

園田がきつく目を瞑《つむ》る。

「もし」

と言いながら、少年が意地悪な顔をして園田の顔を覗き込んで言った。

「いつものようにいっしょに並んで歩いていたら、自分もいっしょに死んでいたかもしれない。いや、もしかしてツバサが死んだのは、自分がいっしょに歩くのを拒否したからではないのか？　紗理奈ちゃんはそう思ってる」

「……私がツバサくんを殺した」

絞り出すように声を出す園田。少年は続けた。

「この罪悪感が、紗理奈ちゃんの中に君の知らない〝もうひとつの人格〟を生んだ。それがオレなんだよ」

血まみれ少年がクルッと一回転し、血まみれ紗理奈の姿に戻る。

「だから、オレは紗理奈ちゃんってこと」

これでわかっただろ、という顔で弦太朗を見る血まみれ少女。

弦太朗は混乱中で、代わりに質問しろとばかりに、ユウキをこづいた。

「じゃあ、なんで園田先生の中にいるはずの人格が、肉体を持って実体化してるの？」

「そうだそうだ。それだ……はっ！」

弦太朗は、昨晩、賢吾がイカロスを解析した結果から推測した仮説を聞いていた。

「まさかＳＯＬＵか」

血まみれ少女が、にまあと不気味に笑った。

「お前もなでしこと同じ地球外生命……？　だから姿も変えられる？」

少女の顔がふわっとピントがぼけたかのようになると、口だけののっぺらぼうになって、ケタケタと笑いだした。


そのＳＯＬＵは、もともとなでしこの一部だった。

天高文化祭のとき、仮面ライダーなでしこがヴァルゴ・ゾディアーツと戦った際に、身体の一部、すなわちＳＯＬＵの破片がヴァルゴに付着したのだ。破片はその後、ヴァルゴとともに宇宙空間のＭ－ＢＵＳへテレポートした。

ＳＯＬＵはそもそも知能がない原子生物だ。ときに手近な生物の形態や記憶をコピーして活動するが、そこにいわゆる〝意志〟は存在しない。その破片もなでしこからちぎれた段階では意志を持たない塊だった。だが、なでしこ同様に奇跡を起こした。ゾディアーツのコズミックエナジーに接触したことで、悪しき進化を始めたのだ。擬態を繰り返してタチバナの目を盗みながらＭ－ＢＵＳ内を動き回り、冷凍睡眠している園田・鬼島・杉浦の脳内を物色していった。

その中でＳＯＬＵは園田を選んだ。だが、園田の人格はひとつではなかった。彼女自身も知らない〝もうひとつの人格〟ツバサがいた。ＳＯＬＵは自身が実体化するための人格に、このツバサを選んだのだ。

ユウキが自分の考えを整理するかのように呟いた。

『園田先生の罪悪感が生んだ別人格』をＳＯＬＵが呑みこんだ……それが、この子の正体」

ツバサは不気味な顔を弦太朗に向けた。今、その顔には眼と鼻がない。

「紗理奈ちゃんの脳内にも、鬼島と杉浦っていう奴らの記憶にも、フォーゼとメテオという仮面ライダーの存在があった。彼らにとっての〝強敵の象徴〟としてね。その情報をもとにオレも、自分の〝最強の形態〟として、仮面ライダーというスタイルを構築してみた。これだ」

ツバサの口がゆっくりと「へ・ん・し・ん」と動いた。腰にはベルト。スイッチ、オン。吹き出したコズミックエナジーが晴れると、翼の折れた堕天使が現れた。

「仮面ライダーイカロス」

イカロスは、しゃがみ込んだ園田にバッと手をかざす。

「紗理奈ちゃんの折れた翼、オレがもらうよ」

淡い光の帯のようなものがユラユラと園田から抜け出して、イカロスの手の中に入っていった。すると、イカロスの傷ついた左の片翼がピクピクと蠢いて再生していくではないか！

「夢が砕けた紗理奈ちゃんのネガティブな精神エネルギーが、オレを完全な存在に押し上げてくれる」

茫然《ぼうぜん》としたままの園田。その顔からはみるみる生気が失われていっているように見える。

イカロスの仮面から表情はわからない。赤い複眼に燃えているのは、どういう感情か。

「やめろ！」

弦太朗もフォーゼドライバーを取り出した。

『3』『2』『1』

「変身」

弦太朗がフォーゼになり、「宇宙キターッ」と叫びながら、イカロスに殴り掛かった。

その瞬間、イカロスの左の翼がバサッと大きく広がった。

「何！」

フォーゼはイカロスの翼の力だけで軽々と吹き飛ばされ、そのままH－Ⅱロケットにぶつかって倒れこんだ。イカロスが、片翼を大きく広げてゆっくりと歩いてくる。

「やってくれるじゃねえか」

フォーゼは22番のスイッチを取り出して、左手のモジュールを変化させた。

『ハンマー、オン』

破壊力抜群のハンマーで殴り掛かる。

だが、イカロスはクルッと身体を高速回転。左翼を鋭く硬質化させると、カッターのように斬りつけた。危険を感じたフォーゼは、身体を反らせてハンマーでその攻撃をガード。だが、なんと！　最強の硬度を誇るハンマーモジュールにスッとラインが走ると、そこから先の部分がゴトンと落ちた。

「うわあああああ」

半分になったハンマーを見て思わず叫ぶフォーゼ。スイッチオフ。ハンマーを解除して、左手を結んで開いて確認。

「弦ちゃん！　手首、大丈夫？」

「お、おう。だ、大丈夫みたいだ」

「離れて戦って！　マグネットよ」

「たしかに、それが良さそうだぜ」

携帯電話型アイテム・NSマグフォンを取り出すフォーゼ。

「割って、挿《さ》す！」

二つに割ってスイッチにすると、ベルトに挿して、スイッチをオン！　オン！

『N』『S』『マグネット、オン』

両肩にキャノンを背負ったシルバーに輝く形態・マグネットステイツへと変化した。

「喰らえ！」

イカロスに向けて両肩のマグネットキャノンからドドドドッとエネルギー弾を連射する。

ズバババババーンッと大爆発‼　イカロスは炎と煙に包まれた。

「やった？　やった？」

勝利を期待するユウキ。だが煙が晴れると、そこには無傷のイカロスがいた。左翼を前方に畳んで盾にし、全弾ガードしていたのだ。

「あの羽、なんでもできるの⁉」

イカロスはシュバッと翼を畳むと、竜巻を発生させて全身にまとった。そのまま地を蹴って錐揉《きりも》みジャンプ。スクリューのようにギュルルルッと回転しながら上昇すると、空中でUターンして向かってくる。

「イカロス・ライダーキーック」

「‼」

イカロスの足がフォーゼの胸の硬い装甲にミシッと食い込んだかと思うと。

バ――――――ンッ！

コズミックエナジーの超衝撃が炸裂した‼

「ぐあああああ」

変身解除して吹っ飛ぶ弦太朗。

「如月くーん！」

ユウキよりも先に園田が思わず叫んでいた。

4

友子と流星が訪ねた「穂積外科」は比較的大きな構えの病院だった。その併設された自宅にも穂積聖瑠は不在だった。キレやすい息子が家に帰ってこないことは日常茶飯事のようで、母親はさほど心配はしていないようだ。友子と流星は礼を言って早々においとました。

「収穫なし、か。友子ちゃん、部室に帰ってみんなと合流しよう」

流星はふうと息をつくと、友子と歩き出した。

「穂積聖瑠も、坂本遼子も平良すみえもいったいどこに？　プロム本番まで、全員身を隠すつもりなのかしら。どうやって見つけ出せばいいの」

歩きながら考える友子の真剣な表情。流星はそんな友子を愛おしく見つめている。友子、その視線に気づき、

「なに？　流星さん」

「いや、ライダー部の部長になって、友子ちゃん、ずいぶんがんばってるなって思って」

「だめ？」

「なんで？　いいことだと思うよ」

「……私ね、恩返ししたいの」

「恩返し？　誰に？」

「ライダー部に」

流星は友子を黙って見つめる。

「私、天高に入って、弦太朗さんやライダー部のみんなと出会えて、すごく変われた。それまでは自分の世界に閉じこもって自分のことしか考えていなかった。でも、世界はもっと広いんだって、ライダー部が教えてくれた。それを感謝している……だから、私、自分のためじゃなくて、仲間やほかの人たちのために何かしたいと思って」

友子がひとつひとつの言葉を大切に選んでいるのが伝わってくる。顔は相変わらずのゴスメイクだが、人間関係の厚みが増すのに反比例するように、そのメイクは薄めになっていった。少しずつ大人の階段を登って女らしくなっていくようだ。

天高の正門まで戻ってきたところで、友子が訊いた。

「ねえ、流星さん。流星さんはプロム、誰と踊るの？」

「え」

意外な質問。

「友子ちゃん、うちの高校にプロムはないよ」

「交換編入生だったんだから、流星さんには天高のプロムで踊る資格あるでしょ」

「いや、今は完全に昴星の生徒に戻ったんだ。天高のプロムは天高卒業生の誰かにパートナーとして誘われない限り、参加資格はないよ」

流星は友子の「私と踊って」というサインをじりじり感じた。だが、困った。他校生の流星が、天高のプロムで踊るのはやはり変だ。天高生の友子はまだ二年で卒業生ではないし。

「他校だからって、何？　そんな重力、振り切ってよ」

いつになく友子が大胆だ。流星が高校を卒業するという事実が気持ちを焦らせているかのようだ。勇気のいる一言だったのか、友子の目は潤んでいる。

友子がいきなり青春スイッチを入れてきたので、流星は焦った。ホワチャー……どうする、俺？　だが、そこでうしろから声をかけられた。

「じゃあ、アタシが流ちゃんをダンスに誘おうかな」

振り向くと、扇子をパタパタさせながらニヤケている男がいた。鬼島夏児だ。

「鬼島……」

また空気が一変した。

「アタシの高校生活で一番のディープインパクトは、流ちゃんアンタだ。アンタに負けたことだよ。だからダンスパートナーに選ぶのはアンタしかいない。アタシと踊ってくれるかい？」

「ふざけるな鬼島」

「ふざけるよ。それがアタシのポリシーだ」

「いったい何の用だ」

「ここはアタシの学校だよ、他校生。アンタのほうこそ、何の用だ、だよ」

扇子をパンと閉じ、ピシピシと小突いてくる。こいつはけんかを売っているのだ。流星はギュッと拳を固めた。

「流星さんは天高を助けてくれているのよ。やめて」

友子が割って入る。

「お、ライダー部の新部長サン。ゾディアーツは退治できたのかい？」

「まだよ……」

「しっかりしてくれよ。プロムがちゃんと開かれないと、アタシと流ちゃんが踊れないじゃないか。アハハハハ。ゾディアーツなんかに潰させるなよ」

鬼島は、流星をイラつかせるだけイラつかせて、去って行った。

「あいつとは決着《ケリ》がついていると思っていたが、どうやら奴はそれを認めてないようだな」

ギラつく流星。だが、友子は何か違和感を感じていた。鬼島は嘘八百並べるのはお手のものだけど、さっきは本音で話していたような気がした。

アタシと踊ってくれるかい、だって。何それ。私と同じキモチじゃない。

種子島。

　変身解除して血まみれ少年に戻ったツバサは、戯れにサンバのステップを踏んでいる。片翼の戦士イカロスは予想以上に強かった。

「ふざけやがって」

　悔しさに顔をゆがめながら、弦太朗が半身を起こす。それでさえユウキと園田に支えられてやっとのことだ。

「ちょっと弦ちゃん、無理しないで」

「救急車呼ばなきゃ」

　とスマホを出す園田の手を弦太朗が摑んで止めた。

「待てよ、園ちゃん。まだテンカウントは聞いてないぜ」

「倒されてから十秒はたってるよ、弦ちゃん」

「よけいなツッコミ入れるな、ユウキ。青春のカウントは、俺が負けたと思わない限り、いつになってもエイト、ナインあたりを繰り返してるんだよ」

　弦太朗は荒い息でツバサに聞く。

「おい、ツバサ。なんでお前はプロムを潰したいんだ？」

　いたずらっぽく笑ったツバサ。

「紗理奈ちゃんに聞きなよ。オレはツバサだけど紗理奈ちゃんでもある」

ユウキは不安げに園田を見る。その視線に戸惑い、否定する園田。

「私、知らないわ」

「知らないはずがない。怒りを感じてるだろ、紗理奈ちゃん。それは何に対して？」

M－BUSから地球に戻った園田は、我望の野望とその最期をくわしく知った。そのとき、激しい怒りを覚えた。……それは「自分の夢が成就しなかったことへの怒り」だった。

幼いころの園田の夢は、宇宙飛行士になること。その夢はやがて、ゾディアーツという「人間の宇宙人類化」を推進する使命に変わった。だが、それも我望の敗北によって崩れ去ってしまった。自らの野望のために天高を作った我望は、皮肉にもその生徒たちによって野望を砕かれた。そして園田の夢も、我望の野望とともに打ち砕かれたのだ。

「ウチュウヘノユメガ、アマコウニ、ツブサレタ！　アマコウガニクイ！」

ツバサが突然甲高い声で叫び、園田はビクンッと体を震わせた。そんな様子を見てツバサは意地悪く笑って言った。

「オレは自分の中に紗理奈ちゃんの〝怒り〟をコピーした」

「いったい、なんのために？」

「そこにエナジーがあるからだよ。怒りこそ最高のエナジーさ！」

ユウキが思わず口を挟む。

「要するにアナタは園田センセイのネガティブなとこばかり吸収してできあがったのね」

「乱暴な言い方だなあ。でもオレ、かわいいだろう？　いちばん夢に満ちていた高校一年の紗理奈ちゃんだぜ」

少年ツバサはクルッと回転すると、高校生・紗理奈の姿にまた変わった。

「やめて！」

耐えられない、というように園田が頭を抱えてうずくまった。

ツバサは続ける。

「お前には感謝してるよ、如月弦太朗。お前が紗理奈ちゃんを地球に連れ戻さなかったら、オレも永遠にM－BUSの中で這《は》いずりまわってるしかなかったんだ。お前のお節介のおかげで、こうやって地球で好き勝手できるんだからなあ」

「ふざけんな！」

「紗理奈ちゃんの〝怒り〟の衝動が、天高の破壊を求めてる。それを実現しないとオレはオレを維持できない。じゃあ、しよう。今しよう。どうやって？」

弦太朗が答える。

「プロムを破壊することによってか？」

「当たり。もっと正確に言おうか？　プロム・パーティーという、ある生徒にとっては最高、ある生徒にとっては最悪、そんなさまざまなエナジーが渦巻く高校生活のクライマックス・シチュエーションで、憎い天高の生徒たちに、絶叫の末の死を与える！　それが紗理奈ちゃんの願望、オレの使命さ」

「嘘よ！　私を混ぜないで」

園田が叫ぶ。

「そうだ！　さっきから聞いてりゃ、おかしなことばかり言いやがって」

弦太朗がよろけながら立ち上がり、血まみれ紗理奈姿のツバサに摑みかかろうとする。

ツバサはスカートをひらり翻し、回し蹴り一閃《いっせん》！　弦太朗は腕でブロックした。

「女の姿されてちゃやりづれえ！　もっぺん変身しろ。ＳＯＬＵ野郎！」

「そうだな。やるなら派手にやろうぜ」

ドライバーを腰に出現させるツバサ。弦太朗もベルトのスイッチとレバーを再び入れた。

「変身」

「変身」

同時に変身。フォーゼとイカロスになる。

「ケガしてるのに平気なの、弦ちゃん！」

「平気じゃなくてもやるんだよ！」

「心配だよ」

潤《うる》んだ目で訴えるユウキを見て、フォーゼは理屈ではなく思った。

　俺が、賢吾を差し置いてユウキと踊る資格があるのかどうかは、このタイマンの結果が教えてくれる……。

「心配すんなユウキ。ここでコイツを止めとかないと、みんなのプロムはねえ」

　戸惑っていたユウキも弦太朗の想いを受け止めたかのようにしっかりと頷いた。

　傍らの園田は、ショックなことが多すぎたのか、もはや虚ろな表情だ。

「おいイカロス、タイマンは終わってねえぞ。おりゃあ」

　フォーゼ対イカロスの第2ラウンドが始まった。集中力の高いハイレベルの戦いだ。もはや進路だなんだとのんきな雑念を抱えている余裕はない。目の前にいるこの邪悪な怪物を止めない限り、弦太朗たちに未来はないのだ。二人のライダーが至近距離で四肢をぶつけあう、その衝撃で空気がビリビリと震えた。戦いは先ほどとは違ってフォーゼが優勢だ。フォーゼのけんか攻撃ラッシュを必死で翼で捌《さば》きながら、イカロスが言う。

「君、怒ってるね。強いエナジーを感じる。いいよ」

「うるせえ！　青春の怒りパーンチ！」

　フォーゼは小細工なしの気合の一発をイカロスの頬に叩き込んだ。イカロスがよろけた。フォーゼはバックステップで距離を取ると、ランチャースイッチをオン。

「おりゃあ！　ふっとべ！」

　ミサイルをドドドドドッと撃ちこんだ。

「やった！」

ユウキも思わず叫んだ。

だが、着弾寸前でミサイルがギュイーンと軌道を変えた。

「え？　どして？」

ミサイルはイカロスを避け、H－Ⅱロケットにヒューッと向かっていった。

「何やってるの、弦ちゃん！」

「俺じゃねえ。ミサイルが勝手に」

着弾。チュドドドドーン！　ランチャーミサイルはユウキの「宇宙への夢の象徴」を爆発させた。

「ぎゃああ〜っ！」

ユウキが頭を抱える眼前でロケットが燃えあがる。

「ミサイルが勝手に……この感覚、覚えがある。まさか！　あいつか？」

フォーゼが周りを見回すと、離れたところにゾディアーツがいた。ピクシス・ゾディアーツだった。

流星は、友子との距離感を測りかねながら、ライダー部の部室に戻ってきた。

「ただいま」

「おかえり。全員そろったわね。報告会するわよ。集まって」

さっそく美羽が仕切り始めた。流星が友子を見ると案の定、おもしろくなさそうな顔をしている。が、今は部内の主導権争いに割く余分な時間はないと思ったのか、任せておくようだ。

ＪＫと隼はトランプでポーカーをやっていた。

「お、ミーティングの時間だ。この勝負も終了っすね」

「おい、待てＪＫ。この勝負だけ、させてくれよ」

隼が慌てて止めるのにもかかわらず、ＪＫは手持ちのカードをバラバラッと床に落とした。

「おしまいっスー」

「なんだよなんだよ、もう。スリーカード揃ってたのに」

「俺、ストレートできてたから、俺のほうが勝ってたっス」

「ホントか？　俺だって、ここから次でフルハウス、いや、フォーカード揃うはずだったんだからな。くう～、チックショー」

黙っていたらイケメンな元キングもしゃべらせると残念ね。蘭は隼を見てしみじみ思った。ふと横を見ると、隣にいる賢吾も隼をじっと見ていた。こちらは驚いたような顔をしている。

「……そうか、フォーカードか。大文字先輩」

「いや、まだスリーカードで、これから揃う予定だったんだけどな」

急に恥ずかしくなった隼が言い訳をする。

「そうだよ。四人は役なんだ。セットなんだ。なんでこんな簡単なことに気がつかなかったんだろう」

「どうしたの賢吾さん？」

熱く自問する賢吾にびっくりして尋ねる蘭。

「アルゴ座だ」

「アルゴ座？」

ハルが本棚から星座辞典を取り出して、索引を見ながら質問する。

「そんな星座ありましたっけ？」

「昔、存在した星座だ。ギリシャ神話に登場する船にちなんでいる」

「今はないんですか？」

「ああ。あまりに巨大な星座だったので、フランスの天文学者ラカーユによって四つに分割され、それが一九二八年の国際天文学連合総会で正式承認された。今はその名は使われていない」

解説する賢吾のほうに友子と美羽も近づいてきた。

「その分割された四つの星座って？」

「竜骨座、帆座、とも座、そして……」

思わず声を出すＪＫ。

「今回のプロム騒ぎのゾディアーツばっかじゃん！」

ＪＫをこづいて美羽が聞いた。

「賢吾くん、あとひとつの星座は？」

賢吾の顔に複雑な表情がよぎる。

「羅針盤座《らしんばんざ》だ」

「げ！」

二年生以上の羅針盤座ゾディアーツを知る者たちが驚く。蘭とハルは「？」といった顔だ。

「羅針盤座と言えば」とＪＫ。

「ピクシス・ゾディアーツ！」と隼。

「まさか……アイツ？」と美羽。

「そう、ピクシスの星のさだめはアイツだ」と賢吾。

「ズバリ女の敵ね」と友子。

一方の種子島。フォーゼの眼前にピクシス・ゾディアーツは立っていた。

頭上に伸びるクワガタムシのような二本のロングホーン、両腕の手首からはそれに似た長い剣が伸びている。ピクシスはこの剣で相手の攻撃の向かう先を自在に操ることができるのだ。

「ピクシス！　てめえ、牧瀬か？」

「牧瀬くん？」

ユウキの背筋の産毛がゾゾと逆立った。空港からネットリ視線を感じていた。いや、正しくはもっと前からだ。賢吾とけんかした朝の土手でも感じていた。プロム実行委員会のときも感じていた。その正体に合点がいった。元ストーカーの牧瀬だったのか。

「牧瀬くん。姿、見せなよ」

ユウキの真剣な声に観念したのか、ピクシスが変身解除した。現れたのは、やはり寝癖の髪でメガネをかけた牧瀬弘樹だった。フォーゼとイカロスも戦いの手を止めて、牧瀬を見る。

「どうして？　なんで君、またゾディアーツになってるの？」

ユウキが牧瀬に詰め寄ると、牧瀬は目を逸らしながら答える。

「……迷ったんだけどね」

「牧瀬くん、私たち、争いあったけど最後には友だちになったよね」

「だから迷ったんだよ」

「反省は？　ゾディアーツになって自分がしたこと、反省してないの？」

「してたけどさ」

「過去形？」

「なんて言うか、迷うのも青春だよね」

「自分で言うなーっ！」

ユウキに怒鳴られたとたん、牧瀬がカッとユウキを睨み返した。

「うるさあああい！」

これぞ逆ギレだ。ユウキがビクッと飛び跳ねた。

「き、き、君に僕の崇高な理想がわかってたまるか！」

おかしなことを言い出した。よく見れば、牧瀬の眼がちょっとおかしい。もともと変態だからおかしいと言えばおかしいのだが、そういう意味でなく、少し異常だ。

イカロスは、高ぶってきた牧瀬を満足げに眺めた。

「牧瀬くん、君だけはなかなか覚悟が決まらなかったようだけど、ここに来たってことは覚悟できたってことなのかな？」

「覚悟……」

「ああ」

「できたよ覚悟。……『天高生、皆殺し』の」

フォーゼもユウキも愕然《がくぜん》とする。

「何言ってるんだ、牧瀬。お前、自分が何言ってるのか、わかってんのか」

やはり普通の状態ではない。イカロスの悪意に精神が汚染されてしまったかのようだ。

イカロスは牧瀬に囁《ささや》き続ける。

「ほかの三人は〝ある場所〟で明日の準備をしているよ。さあ、君も早く合流しよう。もっと仲間とエナジーを共有しないと『完全な姿』になれない」

「……そうだね」

フォーゼが牧瀬を止めようとする。

「目を覚ませ、牧瀬！」

「うるさい！」

牧瀬は乱暴に手を振りほどくと、スイッチオン！　ピクシスに変身してフォーゼに斬りかかった。

「おっと」

躱《かわ》すフォーゼ。だが、ピクシスがフォーゼに向けた剣先を「ホイ」と動かすと、フォーゼは操り人形のように方向転換してしまう。ドスッ。次の瞬間、腹にイカロスの蹴りをもらった。

「ぐはっ」

イカロスはピクシスの方向コントロールが気に入ったようだ。

「あははは、こりゃいいや。牧瀬くん、オレの動きに合わせてよ」

イカロスの要求に頷くピクシス。二人がかりで、えげつなくフォーゼを痛めつける。

「弦ちゃん！」

ユウキの悲痛な叫び声が響いた。

一方、ライダー部では、部員たちが賢吾のそばに集まっていた。流星が賢吾に聞く。

「イカロスは、アルゴ座の構成要素である星座のゾディアーツを意図的に集めたってことか？」

「おそらく」

隼も美羽もJKも質問攻めだ。

「イカロスはリブラのように『星の運命を見極める目』を持っているのか」

「そう考えるのが自然だ」

「最後の一人にもすでにスイッチは渡してある、って言ってたわね」

「ああ。牧瀬が再びゾディアーツになっている可能性は高い」

「あの人、弦太朗さんにやられて懲りてないんスかね？」

「懲りていたし、反省もしていたはずだが……」

友子がバッサリ斬る。

「最終的にはまたダークサイドに転んでる気がする」

友子の「気がする」はかなり的中率が高いのを皆知っている。絶望的な気分が部屋を満たした。賢吾が緊迫した声で言う。

「イカロスの狙いは、四人のゾディアーツを合体させて一体のアルゴ・ゾディアーツを作ることかもしれない」

「合体ゾディアーツ？　そんなことできるの？」

「わからん。だが、この仮説が正しければ、牧瀬というラストピースでイカロスのパズルは完成する」

比較的余裕を見せていた流星もさすがに顔をしかめた。

「そんな化け物を使って、プロムで何しでかそうって言うんだ？」

種子島では、イカロスとピクシス二人相手にフォーゼが大苦戦を続けていた。強制的に方向転換させるピクシスの能力は、コンビで戦うとすごい効果を発揮する。だがフォーゼは逃げるわけにはいかない。いいようにやられながらも必死に向かっていく。

ユウキの目に涙が溢れた。見ていることしかできない自分がもどかしい。

「園田……さん。あなた、まだ配布用のゾディアーツスイッチ、持ってたんですね」

なじるように言った。

「ええ。ツバサくんが持っていったのは知らなかったけど」

園田は今、ユウキが自分を先生と呼ぶのを拒否したことに寂しさを覚えた。自分で「先生って呼ぶのは、もうやめて」と言っておきながら、勝手なものだ。胸の奥の何かが痛んだ。

「イカロスは園田さんの思いをコピーしたんですよね。じゃあ、奴らがやろうとしていることは、本当にあなたが望むことなんですか？　生徒たちがみんな死ぬ。それを望んでいるんですか？」

「……まさか」

「天高がアナタの夢をつぶしたから？」

「知らない！　知らないわ！」

フォーゼと戦っていたイカロスが、クルッと回転ジャンプして園田のそばに着地した。

「知らないことはないよね。オレは紗理奈ちゃん自身でもあるんだよ。分身なんだぜ」

「やめてっ!!　あなたなんか知らないわ!!」

ついに園田はその場から逃げるように駆け去って行った。

「……逃げちゃった」

ユウキは呆然《ぼうぜん》と見送るしかなかった。

ふと見ると、地面に何か紙クズが落ちている。園田が知らず知らず踏みつけていったらしい。ユウキはハッとした。

『大きくなったら、うちゅうひこうしになりたい』

それは園田が少女時代に宇宙飛行士への夢を綴《つづ》った短冊だった。ユウキはあわてて拾いあげ砂を払った。だが、あまりに象徴的なその夢の残骸は、ナイフのようにユウキの心に突き刺さった。足もとが砂浜に引き込まれていくかのような、得体のしれない不安がこみ上げた。

イカロスがユウキの肩をグイッと摑んだ。

「痛い！　離して」

「ねえ、君。君は宇宙を目指していて、いいのかな？」

「どういう意味？」

「紗理奈ちゃんと君は似ている。いや、似ているというか、同じだ。我望の本をきっかけに宇宙に憧れを抱いて、天高に入った。やがて自らもゾディアーツとなり、十二使徒の一角をなした。ほら、同じだろ？」

「何が言いたいの？」

「紗理奈ちゃんは夢破れて、オレという怪物を生み出した。君もこのまま宇宙を目指したら、きっと紗理奈ちゃんのようになる。だって君、自分がホントに宇宙飛行士になれると思ってるの？」

子供のころからずっと抱《いだ》いてきたユウキの夢への決意が一瞬揺らいだ瞬間だった。その瞬間を狙って、イカロスがユウキにコズミックエナジーの波動をブワッと浴びせかけた。

「!!」

ユウキはぐらりと傾き、跪《ひざまず》いた。まるで魂を抜き取られたかのようだ。

「あははは。君の翼も折れかけだ。いや、もう折れたかな？」

ピクシスとの戦いで手一杯だったフォーゼが、異変に気づいた。

「おい！　ユウキに何をした！」

「何も。ただちょっと未来への失望を増幅しただけ」

イカロスの背中のまだ折れていたほうの右翼がピクピクと動いた。再生し始めている。

「感じたよ、君のエナジー。君の折れた翼が、オレの翼を再生させた」

バサッと右の翼を広げるイカロス。

「！」

続けて左翼もバサッ。再生した両翼を見せつけるかのように大きく広げた。イカロスの完全体だ。

「夢を砕かれた若者たちのネガティブ・エナジーが、オレをさらに完璧な存在に押し上げてくれるんだ。明日は、社会へ羽ばたこうとする卒業生たちの翼を折って折って折りまくる。そして全員殺す。ハハハハハハ」

フォーゼはピクシスをパンチで吹っ飛ばすと、ロケットモジュールのダッシュでイカロスに向かっていく。

「この野郎おおおおお」

翼を広げたイカロスがシュバッと飛翔《ひしょう》する。

「あ！」

っという間に、空のはるか高い場所にいる。

「何！」

見上げたフォーゼ。先ほど同様にスクリューのようにギュルルルッと回転しながら、こちらに向かってくるイカロスを認識した。だが、回転速度は段違いに速い。速すぎて透明に見える。向こうの背景が透けて見える。

「イカロス・パーフェクト・ライダーキーーック」

必殺キックを思い切り喰らったフォーゼ。コズミックエナジーがビッグバンのように飛び散り、同時に弦太朗の意識も飛び散った。

その先にあったのは、何もない真っ暗な宇宙だった。

第四章　卒業当日

1

ガラガラガラ！

弦太朗が教室の前のドアを勢いよく開けた。中では、園田が授業の真っ最中だ。園田は黒板から弦太朗のほうへとゆっくり向き直り、無言で見つめた。その視線をまっすぐに受け止めた弦太朗が、シュパッと手を挙げ、

「うぃッす、遅れましたーっ」

大きな声で挨拶すると、生徒たちの視線が集中する中、堂々と入っていく。後方の席では、ユウキがくすくす笑い、賢吾が呆れている。シレッと園田の前を通って、自分の席へと向かおうとする弦太朗。だが、コツン、すれ違いざまに園田が弦太朗の頭をこづいた。

「こら不良。遅刻したなら、もっとすまなそうにしなさい。もう」

園田がふくれている様子が、弦太朗にはたまらなくかわいく感じられる。

「やっぱり？　ゴメン。園ちゃん」

「園ちゃん、じゃないでしょ。園田先生と呼びなさい。セ・ン・セ・イ」

お約束のやりとりが、弦太朗にとっては心地よい。若くてきれいな先生だからか、いつも友だち感覚で接してしまう。

「先生って言うけど、俺たちとそんなに歳変わらないだろ。先生だって、ダチだ」

「違うわ。歳の問題じゃない。立場の問題。あなたは生徒、私は教師」

「じゃあ、聞くけど」

なぜだか今日に限って、いつもよりよけいに突っ込んでみた弦太朗。

「〝教師〟って何だ？」

「え？」

それが意表をつく質問だったのか、園田が真顔になった。

「…………」

その変化の大きさに、弦太朗は「あれ？」と驚いた。なんだか、芝居をしていた女優が素に戻った、そんな印象を受けた。変な空気になっちゃったぞ。

園田が呟いた。誰に伝えるという感じでもなく、ただ自分に向かって、といったふうに。

「自分が行くべき道に導いてくれるのが……教師よ」

誰かのことを思い浮かべて出た言葉なんだろうな、弦太朗はそう感じた。

答えたとたんに我に返ったように、またスイッチを入れ直したかのように、園田はかわいい担任の先生に戻った。ほっぺを膨らませて、弦太朗に言う。

「もう。いいから自分の席につきなさい。如月くん。授業にならないでしょ」

「わかった。この授業が、俺たちを行くべき道へ導いてくれるんだな」

嫌な顔をする園田。だが、今度は一瞬で戻った。

「そうよ。生徒は生徒がやるべきことをやりなさい」

「……おう！」

自分の席に行き、腰を下ろした弦太朗。授業が再開された。

教科書を開いた弦太朗は違和感でお尻がムズムズするのを感じた。ふと隣の席を見ると、さっきまで笑っていた隣の席のユウキが泣いている。

「え？　ユウキ？　どうした？」

顔をくしゃくしゃにして泣いているユウキ。夜目覚めたら、隣に寝ていたはずのお母さんがいなくて、暗闇の中でさみしいよ、さみしいよと泣いている幼子のように。

「私の夢が……見えない。見えないの」

「ユウキ、ユウキ、泣くなよ。おい」

見ると、ユウキは本当に三歳くらいの女の子になっていた。

「うわっ！」

弦太朗はどうしていいのかわからない。オロオロしていると、うしろの席の賢吾が立ち上がった。

「どけ、如月」

弦太朗を乱暴にどかして、三歳のユウキを抱きあげて、あやしだした。

教壇を見ると、園田が厳しい眼で睨《にら》んでいる。

「いないいなーい、バアッ」

と賢吾は変顔で笑わせようとするが、ユウキは泣き止まない。

「じゃあ、これでどうだ。たかい、たかーい。たかい、たかーい」

両手でそおれっと持ち上げて、あやす賢吾。すると、ユウキは泣き止んだ。そして、ほっぺに涙は残したままだが、きゃっきゃっきゃっと笑った。

弦太朗は、

「ユウキはやっぱり高いところが好きなんだなあ」

ぼうっと、そんなふうに思いながら、なんとなく気がついた。

「あ、これ、夢だな」


ぶるっと寒さに身体を震わせて、弦太朗は目を覚ました。風が吹いている。自分の頬に白砂がはりついている。リーゼントが崩れて、砂混じりの前髪がおでこに降りている。

砂浜。眼前は海。夜が明けるところだ。俺は何をしている？　状況を把握しきれずに戸惑った一瞬の後にすべてを思いだした。

「ユウキ！　ユウキ、どこだ⁉」

慌てて周囲を見回すと、弦太朗のすぐうしろにユウキは立っていた。長い髪と制服のスカートが風に吹かれてバサバサ泳いでいる。海を見ながらユウキが言った。ごく自然な感じで。

「おはよ。弦ちゃん。敗けちゃったね」

敗けたというフレーズが胸に突き刺さる。だが、ユウキの無事にひとまず安堵《あんど》する弦太朗。

「ユウキ、お前、大丈夫なのか?」

「うん……」

弦太朗のほうに目を向けないユウキ。

「イカロスはどうした?」

「行っちゃったよ」

淡々と話すユウキ。その眼を見る弦太朗。

「!」

そこにあったのは、深淵《しんえん》。ツバサの眼と同じだ。そこには「何もない」。強いて表現するならば「未来への失望」で埋められたような状態。

大丈夫なわけがなかったのだ。俺はユウキを守れなかった!

弦太朗は拳を握りしめた。その瞬間、身体に激痛が走った。正確には身体がイカロスにやられたダメージを把握しだした。顔を歪《ゆが》めて堪える。だが、ユウキは意に介することもなく海を見ている。

弦太朗は携帯電話として使っているNSマグフォンを取り出して開いた。おびただしい数の着信履歴。ライダー部の皆が心配して昨夜からずっとかけてきていたようだ。

「なあ、ユウキ、卒業式でるよな」

「……うう……」

「うん」とも「ううん」とも判別できない言葉がユウキの口から洩れた。

「お前は出ろよ。卒業式だぜ」

「……そうだね」

弦太朗はユウキが「弦ちゃんはどうするの?」と聞き返してくれないので、自主的に申告する。

「俺は……パス。プロムから参加するわ」

弦太朗はドライバーを装着し、静かにフォーゼに変身、

『コズミック、オン』

さらにそのままチタンブルーの最強形態、コズミックステイツになった。バリズンソードにコズミックスイッチをセットすると、

「天高ならワープで戻れる。みんな心配している。帰るぞ」

と言って、ユウキの右手を握った。

そのとき、フォーゼはユウキのその手に紙切れが握られているのに気づいた。その紙切

れが何かは見ないでもわかった。

あの短冊だ。園田が少女のころに宇宙飛行士の夢を綴ったあの短冊だった。

「夢……」

フォーゼはなぜか、胸の奥でわずかだが力が湧くのを感じながらワープした。

次の瞬間、そこはライダー部の部室だ。

「わ⁉」

皆、揃っている。

一見普通に見えるユウキが、あまり感情を感じさせないしゃべり方で言った。

「みんな、ただいま」

フォーゼとユウキをワッと取り囲む美羽、隼、ＪＫ、蘭、ハル。

「弦太朗！　ユウキ！」

「おい、心配してたんだぞ」

「朝帰りっすか」

「下品な言い方しないの！」

「でも、良かった！」

流星と友子も安堵の表情を見せている。弦太朗は変身解除しながら思った。さて、どう説明したものか……ユウキのこと、イカロスのこと、園ちゃんのこと、ツバサのこと。

弦太朗のそんな悩める表情には気づかずに、美羽は別のことに気づいた。

「あら？　ね、これ、久しぶりにライダー部全員集合じゃない？」

たしかに！　とJKも隼もテンションを上げて、

「ホントっスね！　OBから新入生まで、流星さんも含めて全員いるっス」

「せっかくだから記念写真撮っとくか？　カメラカメラ」

盛り上がりかけたところで、

「おい。ユウキ？　どうかしたのか？」

賢吾がユウキの異変に気がついた。

「別に」

ユウキらしくない気の抜けた返事に異常を確信した賢吾が、強い眼で弦太朗を問い詰める。弦太朗は素直に思った。さすがだ賢吾。お前こそユウキのプロムパートナーにふさわしい男だ。


血の臭いが充満した生暖かい漆黒の世界に、若者たちの白い肌が浮かびあがっている。遼子・すみえ・穂積・牧瀬。ある者は横たわり、ある者はしゃがみ込んでいる。皆、全裸だ。手にゾディアーツスイッチだけ握って、まどろんでいる。恍惚《こうこつ》としているが、一方で悪夢にうなされているようにも見える。

そこへ、暗闇から浮かび上がってきたかのように、少女・紗理奈の姿でツバサが現れた。やはり生まれたままの姿だが、全身血まみれなので、身体にぴったりとフィットした真紅のドレスを着ているかのように見える。優雅だ。

「目覚めよ、同志諸君」

命ぜられたまま、ゆらりと身体を起こす遼子・すみえ・穂積・牧瀬。

「『情念の部屋』の居心地はどうだった？　怨念の集積はできたかい？」

問いかけるツバサに、穂積がちょっとキレた感じで答えた。

「だいたい、いいんじゃねえか」

遼子は蛇のような割れ舌をべろっと出して、それが返事というようにピピッと動かした。

すみえはお腹に手をあてて、黙って何か上のほうを見上げている。

牧瀬はまだ眠っているような半目だ。

「君たちはスクールカーストの下層に位置する弱者たち。弱肉強食学園のおちこぼれ。でも、そのスイッチさえあれば、自分たちのやりたいことができる。好きなことやりたいだろ。聞かせろよ、君たちがやりたいことは？」

遼子が言う。

「プロムの破壊」

穂積も言う。

「天高卒業生たちの完全抹殺」

　ツバサがすみえに聞く。

「君は？」

　口ごもるすみえ、うまく言えない。眠そうな牧瀬がすみえの肩にポンと手を置いた。

「奴らが未来へ飛び立つ翼をズタズタにしてやる。そうだよね」

「え……ええ……っ、翼を折りまくる」

　と、すみえも邪悪に微笑んだ。

　ツバサは満足そうに頷く。全員、良い具合に闇に染まっている。兵隊の眼だ。

「じゃあ、行こうか。遼子、すみえ、さあドレスを着て。男子もタキシードでビシッと決めなよ。今日は君たちの卒業式だ。人間からの卒業」

　自分が言ったことがおかしかったのか、ツバサはまるで気がふれたように大いに笑った。


　種子島で起きたこととイカロスの正体の話を聞いたライダー部員たちは、衝撃を抱えながらいったん解散した。プロムの前に、みんないったん顔を洗ってこようという美羽会長の提案だ。身も心も清めてから戦いに臨む、それは友子部長も異論はない。かくして学校には、卒業式のある弦太朗・賢吾・ユウキ、そして昴星高校の流星だけが残った。賢吾はユウキをフォーゼのメディカルモジュールで診察してみた。身体的には健康だ。だが、何かが違う。そんなユウキを悲しく見つめながら、賢吾が提案した。

「屋上、行かないか？」

「…………」

四人は校舎の屋上に上がった。

校庭を見下ろすと、桜が花開いている。桃色が目に優しい。

弦太朗が声を出す。

「さすが、うちの高校の桜だ。キッチリ間に合わせてきやがった。ユウキが言ったとおり、ほんとに『満開の桜の花の中で卒業生たちを送りだしてあげたい』って思ってるのかもしれねえな」

賢吾が受けて、ユウキに語る。

「ああ。『旅立つ君たちにエールを送ろう。乾杯』だったっけな？　ユウキ」

だが、無言。ユウキの心には響かないようだ。

弦太朗と賢吾がせつなげに目を見交わす。

厳しい目つきで三人を見つめていた流星は、弦太朗と賢吾に目で合図すると、ユウキの手を取って反対側の手すりまで連れて行った。

「こっちの桜も見なよ、ユウキくん。なんか語ってないかい？　はやぶさくんは何か言ってないかい？」

男二人で何かしゃべることがあるだろう、お前ら。そういう流星の気遣いだ。

二人になった弦太朗と賢吾は風吹く早朝の屋上で見つめあった。

「いよいよ卒業だな、賢吾」

「まあな」

「いろんなことがあったな」

「ああ。弦太朗、お前のおかげで高校生活、まったく退屈しなかったよ」

「いろいろありすぎて、退屈なんかしてる暇なかったな」

二人笑いあって、その後に少し間が生まれた。

「俺さ、高校生活の中でいちばん自分に影響を与えた女子って誰だろうって、考えてみたんだ。そしたらユウキなんじゃないかな、って思った」

弦太朗が切り出した。

「そう思ったら急に、プロムでユウキと踊りたくなっちゃってさ」

賢吾は黙って聞いている。

「でも賢吾、お前がユウキのことをどれほど好きかは痛いくらいわかってる。ユウキがアメリカ行きのことをずっと黙っていたからといって、ダンスパートナーをやめる、って言うのがお前の本心じゃないのもわかってる。だから、迷った」

目を伏せる賢吾。頷いたようにも見える。

「で、ここからは自分でもなんでだかわかんねえんだが、俺がユウキとプロムで踊っていいのかどうかの答えは、イカロスとの戦いの中で見えてくるんじゃねえか、って勝手に思ったんだ」

「意味不明だがお前らしい」

「結果は最悪だ……俺はあいつを守れなかった。ユウキは宇宙飛行士になるっていう〝夢〟をイカロスに奪われた」

弦太朗と賢吾の間に何かが飛び交ったような不思議な感覚があった。思わず弦太朗が訊く。

「俺のこと見損なったか？」

賢吾がゆっくり口を開けた。

「そんなわけない。お前は友だちだ。俺はお前が好きだ」

その言葉が弦太朗にじわっと沁《し》みてきた。身体になにか暖かいものが流れて、思わずガバッと頭を下げる。

「すまねえ、賢吾！　お前がユウキを助けてやってくれ。もとのユウキに戻してやってくれ！」

「……弦太朗」

「たのむ！　そして、あいつと踊ってやってくれ！」

リーゼントを下に向けたまま、叫ぶ弦太朗。離れたところから、こちらを見ているユウキ。その空虚な眼。隣に立つ流星の眼がやりきれなさに歪んだ。

賢吾が弦太朗の腕をバシッと叩く。

「顔上げろ、弦太朗」

ガバッと顔を上げた弦太朗を賢吾が見つめる。

「わかった。ユウキと踊るのは俺だ」

「お、おう」

「だが、ユウキを助けるのは二人でだ。それは、俺とお前にしかできないことなんだ」

手を差し出す賢吾。弦太朗はガシッとその手を握ると、友だちのシルシを交わす。

二人、共に固く決意した。

流星はその様子を見て笑顔になると、ユウキといっしょに二人のもとへ戻ってきた。

「じゃあ、俺、もっぺん種子島に行ってくるわ」

購買にパン買いに行ってくる、というくらいの軽いタッチで、弦太朗が言った。

「そう」

ユウキの抑揚のない返事。

弦太朗が、今度はまっすぐに流星を見つめて、

「流星。必ず戻ってくるから、俺が遅れても、その間はメテオがみんなを守ってくれ」

「任せろ、弦太朗」

流星と弦太朗も友だちのシルシを交わす。

弦太朗はフォーゼに変身、コズミックでバシュッとワープした。

ユウキの手を握った賢吾は流星と顔を見交わし、どちらからともなく頷《うなず》きあった。

地面が流れている。下を向いて走っているからだ。

園田紗理奈は走っていた。実家に戻って以来、朝食前のジョギングが日課になっている。自分をいじめるかのように、かなりのハイペースで十キロ走る。全力で走りながら考える。思考の断片が浮かんでは膨らみ、また別の断片と繋《つな》がる。

我望様のこと。速水のこと。立神のこと。ヴァルゴのこと。皆、死んだという。ならば自分だけがただ一人生き残ったことに意味はあるのか。特に何かの結論を出すために考えているわけではない。走っているだけだ。苦しい。ペース落とす？　だめだ。私はそれを許さない。走れ。もっと走れ。ツバサくんのこと。彼も死んだ。昔、私の眼の前で。だが、昨日現れたツバサ。あれは何だったのか？　私が生み出した人格？　私自身？　あの怪物を生み出したのは私？　知らない。そんなの知らない。

「知らないわああああああああああああああああ」

最後のほうは叫びながら走っていた。家に着いていた。民宿そのだ。お客が使う玄関ではなく、台所に繋がる裏の勝手口から入り、そこでガタッと倒れこんだ。はあ、はあ、はあ、はあ。息がなかなか整わない。園田は思い出した。そういえば、あの子たちも毎朝飽きもせず、無意味に走って校門に飛び込んできたわ。絶叫全力疾走とか言っていた。私、如月弦太朗と同じことやってる？　馬鹿みたい。

台所で園田の母親・泰恵《やすえ》が魚を焼いていた。話しかけてくる。

「騒がしかまぁ、こわん朝から」

生まれてからずっと種子島で生きている泰恵は、地元では島弁《しまべん》と呼ばれる訛《なま》りがきつい。

ふてくされた態度で答える園田は、標準語しか話さない。

「いいじゃない。どうせお客、そんなにいないんだし」

「テレビで取り上げてくれればよかとになあ。よか民宿を発見したぁてよ。そしたらお客さんもたあいて来《く》っとになぁ」

「何をとりあげるの、うちの？　うちの売りって何？」

「さあ、なんやちゅう。素朴なとっかなぁ？」

お茶目に笑う泰恵。明るい人柄なのだ。こんなに陽性な母親から、こんなに陰性の自分が生まれてきたのが不思議だ。園田は常々そう思う。あがって冷蔵庫を開ける。アイスコーヒーの紙パックを取り出すと、コップに注がずにそのまま口をつけてグイグイ飲んだ。

「甘い……なんでブラックにしないかな？」

ジャージ姿で腰に手をやる娘を見て、ため息をつく母。

「はしたなかまぁ。そがんことして、誰も嫁《だい》にもろうてくれんがよ。そろそろ紗理奈もよか人見つけて幸せにしてもらわんば」

結婚？　幸せ？　私にそんな資格ない。

泰恵は続けた。

「昨日来たとは、わぁが教え子か？」

そうだ。如月弦太朗と城島ユウキは、昨日私の実家を調べて、まずはここに来たのだ。

教え子……か……。

園田はひきつったように笑いだした。ケタケタと笑い続ける。泰恵がぎょっとして心配そうに見ている。

「私には教えてあげられたことなんて、何ひとつなかったわ」

残ったアイスコーヒーを寂しげにゴクッと飲み干した。

その時、声がした。

「そんなことないぜ！　園ちゃんには大事なことを教えてもらった」

園田はコーヒーを吹き出し咳き込んだ。いきなりドアを開けてフォーゼが勝手口に現れたのだ。

「如月くん、あなたっ！　なに？　えっ？」

泰恵が唖然《あぜん》として湯呑《ゆの》みを落っことした。

天高の体育館では卒業式がしめやかに行われていた。

だが、賢吾の胸中はザワザワと落ち着かなかった。佐竹《さたけ》校長のスピーチ、なかなか良いことを言っているようだ。本当なら賢吾も真剣に聞いているはずだった。だが、今は耳には入ってきても、脳にまでは届かない。会場を見渡すと、居並ぶ卒業生の中に穂積・牧瀬・遼子・すみえの姿は、やはりない。どこかで襲撃作戦を「仕込み中」といったところか。

ライダー部は昨晩、優希奈たち実行委員会にプロム・パーティーを中止するように訴えた。だが、答えはノー。「一生に一度の思い出だから、少しぐらいリスクを負っても開催したい」、そういう主張だ。賢吾は「一生で最後の思い出になったら取り返しがつかないぞ」と毒づいたが、優希奈に少し嫌な顔をされただけだった。

学校サイドにも働きかけたが、聞き入れてもらえなかった。「生徒たちが主催しているのだから、生徒たちが決めたまえ」校長はそういうスタンス。宇津木先生も諸田先生も「校長がそう言うなら」と意外に日和見主義だった。ライダー部顧問の大杉先生ならちょっとはがんばって反対してくれるかと思いきや、

「プロム実行委員会からは、その後とくに被害の報告は来てないし、もうゾディアーツは出てこないんじゃないか、歌星。だいじょぶだいじょぶ。あっはっは」

と能天気もいいところだった。呆れてものも言えない。味方じゃなかったのか？

ついさっきに至っては、フォローするどころか、

「如月は卒業式までサボるつもりか！　許せえええええん」

と、弦太朗の不在を怒り狂っていた。

要するにみんな平和ボケだ。たった半年で。ゾディアーツに絡んだことがある連中も、喉もと過ぎたら熱さを忘れている。大した鈍感力だ。

「私たちライダー部がイカロスの計画を阻止しなくちゃならない。それだけのこと。がんばりましょ」

という友子の喝でライダー部一同は腹を括《くく》った。友子はあれでなかなか肝《きも》が据《す》わっていて頼もしい。嵐に向かって泥船に乗って進んでいくような今の状況下で、良いニュースといったら、友子という新リーダーの就任くらいだ。逆にいちばん悪いニュースは……。

賢吾が隣を見る。魂が抜け落ちたように上の空のユウキがいる。

「なあユウキ、プロム会場で事件は必ず起こる。俺たち仮面ライダー部が絶対に阻止しないといけない。がんばろうな」

耳もとで囁いたが、ユウキは反応しない。屋上にいたときよりも放心が進んでいる。賢吾は辛抱強く囁き続けた。

「ユウキとは踊らないって言ったこと、撤回させてほしい。すまなかった」

「………」

「いっしょに踊ってくれ、ユウキ」

一瞬チラリと視線が動いた気がしたが、やはり放心状態のまま。たまらない気持ちが賢吾の中でグアッと湧き上がって、

「ユウキッ！」

と思わず叫んだ。直後、ここが卒業式会場だということを思い出した。心地よいノイズだった校長のスピーチが止まって、静寂と全生徒の視線が賢吾を襲った。やれやれ、とんだ卒業式だ。


白いご飯をおいしく食べるためのおかずが卓袱台《ちゃぶだい》いっぱいに並ぶ。トビウオの塩焼き、しらすに大根おろし、生姜醤油《しょうがじょうゆ》を添えたさつま揚げ、生卵、味付け海苔《のり》、あさりの味噌汁。園田の眼の前に、それらをじつにおいしそうに食べる弦太朗がいる。

「マジでうまい！　これ、ご飯が何杯でもいけちゃうね」

園田が頬杖ついて呆れ顔で聞く。

「何しにきたのよ。まさか、朝ごはん食べに来たわけじゃないわよね」

「いや、これ食べるだけでも、わざわざ種子島に来る甲斐ありますよ、お母さん」

お茶を出してくれた園田の母・泰恵にお愛想を言って、弦太朗がニッと白い歯を見せた。誰もが引き込まれる人懐っこい笑顔に、泰恵も思わず微笑んだ。

「紗理奈の教え子さんならいつでも来やったもんせ、おかわりもよっからよ」

「うっす」

「ゆっくいしたもんせ」

泰恵は奥へ戻っていく。それを確認した弦太朗、箸は置かないで食べ続けているが、真剣な顔を園田に向けた。

「俺は（もぐもぐ）大切なことを（もぐもぐ）園ちゃんから」

「食べるかしゃべるか、どっちかにして」

「（もぐもぐ）」

園田のイライラが頂点に達した。卓袱台をガッと摑むと、載っている弦太朗の食事ごと豪快にひっくり返した。ドンガラガッシャーン！　仁王立ちになって弦太朗を見下ろした。

「帰れ」

園田は凄んだが、弦太朗はさほど驚いた様子でもなく、最後の白米一口をたくわんともに頬張った。食べ終わると茶碗と箸を床に置き、手を合わせ、

「ごちそうさん」

と、ていねいに挨拶した。

そして弦太朗はゆっくりと立ち上がって、園田に例の短冊を見せた。今朝、ユウキが握っていたものだ。

「！」

「園ちゃんの『夢』は宇宙へ行くことだったんだろ。それが、我望理事長のおかげでちょっと変な形に歪んじゃったんだよな」

「その話ならもう十分よ。ほっといて！」

「待てよ！　園ちゃんなりに『夢』に向かってひたむきにやってきたことだろ？　それはスコーピオン・ゾディアーツと戦った俺がいちばんよく知ってる」

園田は、顔を背けてじっとしている。

「俺は園ちゃんの、そのひたむきな姿から大切なことを学んだよ」

「何をよ？」

「進路を自分で決めて、必死でそれに打ち込むことさ」

「………」

「今やってるけど、難しいな。でも、それが大事だってことを教えてくれたのは園ちゃんだ。だから、園ちゃんは俺にとっては良い『先生』だったぜ」

「私が先生……？」

「ああ。俺、園ちゃんにいっぱい影響受けた」

園田の頬を一筋の涙がつたった。あれ？　不思議だ。弦太朗の言葉が、なぜだか心に響いた。支離滅裂だったが、感情が反応している。

「園ちゃん、俺とプロムで踊ってくれないか？」

「ええっ⁉」

「気づいたんだ。先生と踊っちゃいけないってことはないって。いいだろ？　俺、天高生活に最高のエンドマークをつけたいんだ」

困惑顔の園田。そのうしろでいつの間にか泰恵が聞いていた。

「よか生徒を持ったなあ、紗理奈」

ひっくり返した卓袱台と散乱した皿をかたづけていた。

「……私にそんな資格ないわよ。私は多くの生徒たちをゾディアーツにした」

「じゃあ、最後に責任とってくれ。それでチャラだ。みんなもきっと異存はねえ」

「責任とるって、どうやって？」

「イカロスを止めてくれ」

「私が……」

「それとイカロスに巻き込まれた四人の生徒を助けたい。それって、先生の役目なんじゃないか？」

園田はしばらくじっと考えていたが、意を決した様子で立ち上がった。

「……園ちゃん？」

突然、駆けだして家を飛び出す園田。

「ちょ、ちょっと！　園ちゃん？」

2

水平線に、大きな夕日がゆっくりと落ちていく。空と海がオレンジ色から深い紺色へと少しずつ変わり始めていた。埠頭《ふとう》には、そのゴージャスなサンセットにも負けないきらびやかな豪華客船が停泊している。うっすらとジャズが流れる中を着飾ったカップルたちが次々に乗船していく。天高の卒業生たちだ。皆、楽しそうに笑っている。

白いタキシード姿の賢吾が、やはり白のパーティードレスを着たユウキをエスコートして現れた。半ば放心状態のユウキは、それがゆえに神秘的なムードを醸《かも》し出して美しい。

受付で出迎える優希奈もレモン色のドレスでいつも以上にキュートである。

「わお！　歌星くん。馬子《まご》にも衣装《いしょう》」

「ほっとけ」

「あれ？　うしろの皆さんは？」

「ボディーガードだ」

ライダー部のメンバーが後に続く。友子、流星、ＪＫ、蘭、ハル、そして美羽と隼。

皆、ドレスアップしている。美羽と隼に至っては「パーティーの主役ですが、ナニカ？」と言わんばかりの派手なゴールドのドレスとシルバーのスーツだ。優希奈が眉をひそめた。

「ライダー部が何の用？　警備員さんもいるし、セキュリティなら万全よ」

ゾディアーツ襲撃を信じていないのだ。ＪＫがズイと前に出て、優希奈にたずねた。

「俺たちの緊張感が白けたムードを作るんじゃないかって心配してるんスか？」

「そうよ。てか、弦太朗は？　卒業式にもいなかったし。アイツいったい、どこいったの？」

元・同級生である流星が前に出て優しく懇願する。

「弦太朗なら後から来るよ。ね、優希奈クン。俺たちは何もパーティーの邪魔をしようっていうんじゃないんだ。ほら、弦太朗のやつまだダンスのパートナーを決めてなかっただろ？　友だちとしてはあいつが結局誰を相手に選ぶのか、それを見届けないわけにはいかないのさ。だから、俺たちも参加していいだろ？」

その相手は君かもしれないしね、とでも言うように、流星がまぶしいウインクを投げた。

「え？　あ、うーん。じゃあくれぐれも盛り下げないでよ」

どぎまぎと顔を赤らめた優希奈からなんとか許可を取り付けた。やっぱり弦太朗を狙っているのは間違いないようだ。流星は弦太朗が少々気の毒になってきた。今夜アイツはゾディアーツだけでなく優希奈の攻撃にもさらされることになるのか。

一行は乗船した。階下がパーティー会場、甲板はウェイティング・バーになっている。

まず甲板に上がると、もうすでに卒業生たちがウェルカムドリンクを手に談笑している。

「じゃあ、賢吾さんとユウキさんは楽しんで。私たちは配置につきましょう」

と黒のドレス姿の友子。流星は友子が自分とダンスするのは諦めたようなのでホッとしていると、腕を組まれた。

「あれ、友子ちゃん？　俺たちはガード専門じゃなかったっけ？」

「打ち合わせ聞いてた？　みんなカップルに偽装して、襲撃に備えるんでしょ」

見ると、美羽と隼、蘭とハルがペアになっている。

「流星さんだって卒業生なんだから、少しでも楽しんで欲しい」

いじらしく呟く友子は、部長というより、一人の女の子だ。流星は愛おしいと思った。

それを見ているすね顔のＪＫを蘭がイジる。

「あれ、ＪＫさん？　相手は？」

「どうせ、ぼっちだよ。余ったよ」

「フードロイドの監督、ちゃんとお願いしますよ」

蘭がからかう横でハルは申し訳なさそうな顔をしているが、立場を譲る気まではなさそうだ。

そんなＪＫを慰めるように、ポテチョキンが優しく頭を撫でた。

そこにタウラス杉浦が前生徒会長の壬生彩加《みぶさやか》を連れて現れた。

「おや、ライダー部が勢ぞろいでどうしたの？」

優希奈の言うとおり、ライダー部がそろっていると、わかる人には「何か危険に備えてます」という意味を悟られてしまう。

「なんでもないわ。じゃあ、みんな行きましょう」

美羽の合図でライダー部の各カップルは皆、散っていった。

流星と友子はメイン会場のほうへ向かっていった。イカロスと四人のアルゴ組がどこに潜んでいるかわからないが、どのみち襲撃があるとしたら、パーティー会場だ。下見をしておこうと、「まだ準備中だから待ってて」という実行委員会の生徒をなだめすかし、メイン会場へ強引に入っていく。と、「どいつもこいつも」という愚痴を背中で聞いた。

「？　俺たちの前に会場入りした生徒がいるのか」

「イヤな予感」

扉を開ける瞬間、友子が言った。

「イカロスたちかい？」

「わからない……」

流星が警戒しながら扉を開けた。

「うわあ……」

友子が思わず感嘆の声を上げた。中は、体育館ほどもありそうな広いホールだった。つやつやに磨かれた床、シャンデリアのまばゆい光。いくつも配置された丸テーブルには美しい花が飾られている。その向こうはダンスフロアになっていて、何もない広々とした空間をムーディーなライトが照らし出している。普通の高校生ではまず味わうこともないシックでゴージャスな大空間だ。パーティーの準備はだいたいすんでいるようで、ビュッフェ形式の料理はすでに豪華に並んでおり、正面ステージでは軽音部がバンドのセッティングをしていた。

今のところ、とくに異変はなさそうだ。

と思いきや、奥のソファに鬼島が陣取っているのが目に入った。

「これか。イヤな予感の正体は」

きれいどころの派手めな女子を四人はべらせている。どの子も美脚がまぶしい。二人が入ってくるのに気づくと鬼島は声をかけてきた。

「よお、流ちゃん。あんたも早いね。さすが要領がいい」

四人の女子たちは、「誰、あれ?」「夏児の友だち?」「イケメンじゃん」「でも、いっしょにいる女、キモくね?」等々、ひそひそやっている。流星はうんざりして言った。

「お前以上に要領のいい奴がいるか」

「こっちにおいでよ。高校生活の想い出なんぞを話すとしよう」

「お前と話したい想い出なんかない」

流星が相手にしないようにして「向こうを調べよう」と友子を促すと、

「じゃあ、ゾディアーツがここに出てきたら、どう捌くか話しとかないかい?」

鬼島から意外な提案！　流星と友子は思わず顔を見合わせた。

日が沈み、すっかり夜になった。満月が鮮やかに海を照らしている。豪華客船が錨《いかり》を上げて港を出た。甲板に集まっていたパーティー参加者たちは皆、船内の会場へ移動し、今、デッキには案内係の下級生の男女が二人残っているだけである。大事な仕事がひと段落してやれやれと息をついたそのとき、生暖かい風が吹いてきた。潮の香りに混じって、生臭い臭いがする。女生徒が先に気づいた。

「ね、変な臭いしない？」

「言われてみれば……何だろ。血っぽい臭い。あっ」

二組のカップルがやってきたのに気づく男子生徒。

「受付は下にございます」

「もうじきパーティー始まります。お急ぎください」

赤黒い正装に身を包んでいる男女四人に声をかけるも返事がない。四人はそのまま海に飛び込もうとでもいうような勢いで、へりのほうにスタスタと歩いて行く。

「あ、ちょっとちょっと」

案内係の男子が駆け寄って止めようとした。

『ラストワン』

奇妙な声が響く。それを聞いた四人の男女は手にしたスイッチを一斉に押した。各人の身体から漆黒のオーラが噴出し、その中で四つの星座が輝いたかと思うと、全員が異形の姿に変化した。

「えええええええ？」

変化と同時に異形たちの中から、糸に包まれた四人の身体が転がった。異形たちは、その身体には意も介さず歩いて行くと、皆、勢いよく海に飛び込んだ。

「きゃあああああああああああ」

驚くしかない案内係の絶叫は、会場までは届かなかった。

「ただいまより新・天ノ川学園高校恒例、卒業記念プロム・パーティーを開催いたします！」

優希奈の開会宣言とともにクラッカーが鳴り響く会場。それを合図に軽音楽部によるバンドの演奏が始まった。

「盛り上がっていきまっしょー」

乗りの良いオールディーズ・ロックンロールだ。歓声で応える生徒たち。笑顔で踊りだす者、談笑する者、食事を楽しむ者。幸福な時間がギュンギュンと速いペースで流れていく。のんきにローストビーフを頬張るのは、隼だ。

「いい肉だ。美味いぞ、美羽は食べないのか」

「バカ」

呆れ顔の美羽。顔を曇らせて時計を見る。

「それより弦太朗遅くない？」

「たしかに」

「惨劇を止めるには園田先生が必要って言ってたけど、やっぱり説得はできなかったのかしら」

「そうだなあ」

隼は考えるが、何も頭に浮かばない。

「なあ、美羽。俺たちも踊らないか？」

キラーンと白い歯を見せて笑う。

「……ほんとバカね。油断しないで襲撃に備えなさい」

やがて会場の照明が落ち着いたムードになった。チークタイムだ。ステージには軽音部の女子部員たち五人が並ぶ。大胆にへそを出したセクシーなステージ衣装だ。

「続いては、天高のプロムで代々歌い継がれてきた伝統の一曲です」

「我が校の先輩たちは皆」

「この曲で踊って」

「巣立っていきました」

「聞いてください。曲は『咲いて』」

伝統のバラードが始まり、皆、しっとりと踊りだす。

会場の片隅で、賢吾はユウキと並んで座っていたが、ユウキの手を取ってホールの真ん中へとエスコートした。

友子が顔を赤らめながら流星のタキシードの袖口をついっと引っ張った。踊りましょう。そう声に出すのは恥ずかしいので、これが精いっぱいのアプローチだ。じつはこのとき、友子の鋭い第六感は危機が間近に迫っていることを告げていた。けれど、だからこそ、この平和で美しい一瞬を大切にしたかった。いじらしいその姿に、流星も「こうなったら楽しもう」と微笑んだ。

鬼島も、取り巻き四人の中からお気に入りの一人を選んで立ち上がった。

杉浦は壬生彩加を前に固まっている。クソまじめな杉浦らしく、まるでプロポーズする瞬間のようにガッチガチだ。あまりの緊張ぶりに、彩加のほうが笑い出した。杉浦もつられて笑い、手を取って踊りだした。

あっちできょろきょろしているのは優希奈か？　レモンイエローのドレスをひらひらさせながら、どうやら弦太朗を探しているらしい。

ダンスホールのあちこちで、甘酸っぱい青春が咲いていた。ホールの真ん中で賢吾も、優しくユウキの手を引き寄せた。

「さあ、踊ろうユウキ」

が、ユウキは抜け殻のまま、動かない。いつもならクルクルとよく動く表情豊かな瞳も、冬の朝のガラスのように冷えていた。

「ユウキ、聞いてくれ」

賢吾が真剣な顔で言った。

警戒中の蘭とハルも、思わず二人を見てしまう。

「最初に俺と君が話したのは、ラビットハッチで……だったな。君が勝手に忍び込んで……知らずに鉢合わせた。あのときはホントびっくりしたよ。ドキッとした」

「…………」

「その『ドキッ』は、あのときはただの驚きだと思った」

バガミールを食べるふりをしていたＪＫも賢吾の語りに聞き耳を立てる。

「でも、いつもドキドキするんだ。君と会うと……なぜなんだろうな。うん、なんかうまく言えないいな」

それでもユウキは人形のように突っ立っている。離れて見ている仲間たちも気が気ではない。チークの揺らぎの海の中で、二人だけがじっと動かない岩のようだ。

そのとき、賢吾がいきなりユウキを抱きしめ、叫んだ。

「あのとき、月から見た地球を、二人で最初に見つめた宇宙を、君も覚えているだろう？　宇宙飛行士になってもう一度あそこに立て、ユウキ。自分の力で！　その手で宇宙をつかめ！」

ユウキの瞳に、かすかに光が揺らいだ。脳裏にあのときの光景がよみがえってきた。瞬かぬ星々。宇宙服を着た賢吾とユウキが、はるか宇宙を眺めている。ヘルメットをくっつけ、互いの笑い声を伝え合った。

その記憶そのままに、額をくっつけ、賢吾はゆっくりとユウキにキスをした。

「‼」

その瞬間、まるでスイッチが入ったかのように、ユウキが目を見開いた。横目で見ていた美羽も隼もＪＫも蘭もハルも、ブッとドリンクを吹き出す。それに驚いて振り向いた周囲のカップルたちから、はじけるような歓声が上がった。そしてバラードのワンコーラスが終わるまで繋《つな》がっていた唇と唇が名残惜しげに離れると、

「何、何、何？　賢吾くん、今私にキスしたかね？」

「うむ。キスしたぞよ」

ドキドキで言葉が変になっちゃっている。思わず駆け寄るライダー部。

「やった！　賢吾さん」

「おめでとー」

ホールの真ん中で交わされた熱いキスは会場の熱を一気に上昇させた。ダンスフロア

いっぱいにスィートなムードが溢れた。みんな大切な相手と踊りながら、甘く幸福な時間を漂っていた。けっして楽しいばかりではなかったけれど、やっぱり楽しかった高校時代。その甘酸っぱい思い出だけを味わいながら。

そのとき！

ステージ中央に赤い物体がドサッと落ちてきた。最初は何が起きたのか誰にもわからなかったが、よく見ると血まみれの少女だった。ボーカルガールズの一人の絶叫がスイッチになって会場はパニックに陥った。

「きゃあああああああああああ」

大多数の生徒たちはその少女を何かの被害者と思ったようだが、ライダー部の面々はそうではないことを知っている。固唾を飲んで見つめると、案の定、血まみれ少女は逆回転映像のように奇怪な動きで立ち上がった。

ツバサだ。

背筋の凍るような狂笑。バンドメンバーたちは楽器を捨てて逃げ、会場は甘い演奏の代わりに恐怖と混乱の叫びにあふれた。

「おいでなすったか」

「みんな、臨戦態勢！」

流星が一歩前に出て、友子がライダー部に指示を出す。

が、それを遮るように、血にまみれた両腕を上げてツバサが宣言した。信じられないくらいによく通る声で。

「地獄のプロムへようこそ！」

ドドーン！　船が揺れた。

「うわあああ」

「なんだなんだ」

揺れる床に足を取られながら、ライダー部員たちが必死に船窓に駆け寄って見たものは……帆船だ。およそ見たこともない、古代ギリシャの軍船のような異形の船がこちらの船の横っ腹に舳先を突っ込んでいた。大きい。こちらに引けをとらない偉容だ。船尾には三メートルほどもある巨大な女神像が真っ黒な甲板を見下ろすように据えられている。

「Ｏｏｐｓ！　船よ！」

「別の船がぶつかったんだ！」

「でも、なんか、あの船ヘンだぞ。ヘンすぎる！」

船腹から突き出した数十の櫓《ろ》がまるでムカデの足のようにギチギチと蠢《うごめ》いている。と、船の外壁に眼球が開き、ギロッと睨《にら》んだ。

「ひゃあ」

合気道の達人である蘭が腰を抜かした。

横の舟板がガバッと割れて、中に真っ赤な舌と無数の牙が見えた。間違いなく、その船は生きていた。謎の生物の咆哮《ほうこう》。その衝撃で、ビリビリビリッと、プロム会場の壁や床が震え、グラスや食器が床に落ち、砕けてけたたましい音を立てた。

「船に口？　何あれ、怪獣すか？」とＪＫ。

「船に擬態した深海生物、とか？」と美羽。

「よく見て。スター・ラインが走っている。あれはゾディアーツよ」と友子。

「ゾディアーツ!?　あんなに大きな!?」と蘭。

「アルゴ座だ。あれが、四体が合体したアルゴ・ゾディアーツだ。これがイカロスの企んでいたことだったんだ」

アルゴ・ゾディアーツが船にぶつかってくる。ガシンガシンッ。船体が大きく斜めに傾き、皆、立っていられない。会場の天井のシャンデリアが大きく揺れると、ガシャアアアン！　と落っこちて、破片が飛散した。

「この船ごと、俺たち全員を海に沈めようとしているのか」

流星が外へ出る階段に向かって駆けだした。

「流星さん、まさか！」

友子も後を追おうとしたが、連続して襲ってくる衝撃に転倒してしまう。

「待って。あんなの相手じゃ、いくらメテオだって敵わない！　行かないで！」

流星は振り返って言った。

「友子ちゃん。いや、仮面ライダー部三代目部長！」

「は、はい！」

思わず友子が背筋を正した。

「この会場内のことを任す。鬼島といっしょに、さっき相談したように生徒たちを逃がせ。船ゾディアーツは俺に任せろ」

ゴス少女は、黒いグロスで濡れた唇を噛みしめて、決意の顔で頷いた。流星の前に、口笛を吹いて鬼島が立った。船が激しく揺れているのに、余裕で立っている。

「鬼島」

「流ちゃん、アタシの流儀には反するけど、つまんない仕事はやっとくから思いっきり暴れとくれ。アタシらの運命はアンタが決めるんだ」

流星が応えるように無言で手を差し出した。鬼島も無言でその手をガシッと握った。流星の手は熱かった。鬼島の手も熱かった。友だちのシルシでお互いの熱を感じ合うと、流星は振り向かず甲板に飛び出していった。

鬼島が群衆に叫んだ。

「さあ坊ちゃん嬢ちゃん、死にたくなけりゃ騒がずに姿勢を低くしろ！」

流星は甲板に出るとベルトを腰に装着した。

「変身！」

さらにメテオストームスイッチを挿してオン！　青いボディに金色がまぶしいメテオストームに変わった。

「天高のプロムは、俺が守る」

そう言うと甲板をダッシュで駆け抜け、眼前の巨大軍船にジャンプ！　アルゴ・ゾディアーツの甲板部分に飛び乗り、着地ざまに、シャフトを突き立てた。ガッ！

アルゴ・ゾディアーツの咆哮が海に響き渡った。

同時にJKの言うところの「船怪獣」の口から羽虫を思わせる無数の黒い影が飛び出して、豪華客船に降り注いだ。ゾディアーツの戦闘員的分身体・ダスタードだ。

「ダスタードを出せるってことは、少なくとも十二使徒レベルか、それを凌《しの》ぐ存在ってことだ」

「あんなにデカいんだから、そりゃ、弱いはずないよね」

「来るぞ。備えろ！」

ドーン！　ホールの扉が開かれた。ガシャン！　ガシャン！　テーブルを倒しながら、海賊のような恰好をした特殊なダスタードたちがわらわら侵入してきて、あっけにとられる間もなく、その辺にいた生徒たちを海賊刀で襲いだした。斬られて傷を負う生徒、逃げまどい転倒する生徒、怯《おび》えて泣き出す生徒、阿鼻叫喚《あびきょうかん》の地獄絵図だ。肝心の警備員たちは、棒立ちになったまま動かない。優希奈が駆けつけて怒鳴った。

「ちょっと警備員さん、なんとかして」

と、警備員は目を開けたままゆっくりと床に横倒しになった。まるで魂を抜き取られたかのように。

「キャ————ッ」

そのころ、操舵室でも同じことが起きていた。船長も操舵手も、通信士はマイクをつかんだまま、大人たちは残らず生ける蠟人形と化していた。

たまらず美羽が叫ぶ。

「何このパニック映画的展開！　これもアルゴ・ゾディアーツの能力なの⁉」

茫然自失《ぼうぜんじしつ》している優希奈を海賊刀が襲う！　間一髪、蘭が優希奈の腕をとって引き寄せると、合気一閃、ダスタードを投げ飛ばした。

「だから言わんこっちゃない、この平和ボケ女！」

「蘭、平和ボケ批判、今はいいから！」

ＪＫがたしなめる。

「優希奈先輩もしっかりして。まずは全員を生きてこの船から逃がさなきゃ」

友子の言葉に優希奈も正気を取り戻した。ぐっと頷くと、傍らにうずくまっていた女生徒に肩を貸し、出口へと急ぐ。

「みんな、落ち着いて避難して！」

ライダー部のみんなが、懸命に救助に当たる。美羽、隼、ＪＫは隠し持ってきたショック銃を取り出して応戦だ。宇宙に行ったときに拝借したオスト・レガシーの備品が役に立った。バスッ！　バスッ！　衝撃波でダスタードをフッ飛ばしていく。だが、敵が多すぎてキリがない。

その様を高らかに笑いながら見物していたツバサが、おもむろにベルトを取り出した。

「ヘンシン」

仮面ライダーイカロスになると、大きく息を吸い込んだ。生徒たちの泣き叫ぶ声を、その絶望ごと銀色の唇の奥に吸収するかのようだ。それにつれて背中の翼がみるみる大きくなっていく。バサッ！　イカロスが異様に肥大化した両翼を広げると、生徒たちは意識を失って一斉に崩れ落ちた。

「やめて！　ツバサくん」

ユウキが走ってきて叫んだ。

「なんだ、君か。復活しちゃったの？」

「みんなの未来を奪わないで」

「イヤだ。オレがはばたく翼のためだ。君たちには泣いてもらおう」

「やめてってば！」

ユウキは軽音部が置いていったエレキギターのネックを両手で掴むと、大きく振りかぶってイカロスに殴り掛かった。だがイカロスは片翼を鞭のようにピシッと軽くしならせると、ギターごとユウキの身体を吹っ飛ばした。

「！」

柱に激突する寸前で、賢吾が身体を投げ出し、クッションになる。

「ぐあ！」

「賢吾くん！」

イカロスは、倒れた二人を見て「ふん」と鼻で笑うと、満足そうにパーティー会場の惨劇をゆっくり見渡した。

「ああ。これだ。これがオレの夢。すべての青春が絶望に変わる世界」

「こんなの夢なんて言わない！」

倒れたユウキがキッと鋭い決意の眼でイカロスを睨みつけて言った。続いて賢吾のほうを向いて、

「ちょっとクサいこと言っていい？」

「ああ。言ってやれ、ユウキ」

同じく倒れた賢吾が、痛みに顔を歪めながらも、バンッとユウキの背中を押した。

「あなたみたいな意地悪な怪人にやられるほど私たちヤワじゃないよ。何度だって立ち上がってやる！」

イカロスの口もとから笑みが消え、不機嫌そうな表情が浮かぶ。

「ほほう」

「今日はみんなが天高を卒業して、夢に向かって歩いて行く門出の日、大事な日なの。どっか消えて！」

イカロスがゆっくりと歩いてくる。一歩一歩、歩くごとに両翼が変形して前を向いていく。同時に羽の一枚一枚が刃物のように硬質化していく。ユウキを肉片になるまで斬り刻む。そういう意思表示だ。

「ゆっくりと細かく刻《きざ》まれても同じように強気で言えるかい？」

恐怖に押しつぶされそうになりながらも、ユウキは引かない。スッと背筋を伸ばす。

「言えるわ。あなたになんか負けない。あなたにとやかく言われる筋合いない。私は宇宙飛行士になってみせる。それが私の夢！」

賢吾がユウキを庇うように前に出た。

「よく言った。たしかにクサかったけど、グッときた。それでこそ俺が惚《ほ》れた城島ユウキだ」

イカロスが、二人の前で翼の無数のカッターを高速でギュインギュイン動かしながら、死刑宣告する。

「じゃあ、二人とも微塵斬《みじんぎ》りの刑だね。執行」

賢吾がユウキを腕の中に包みこみ、背中を向けて亀になる。それに向かって、翼ギロチンが降り注いだ！

ギュイイイイイン!!　ズバババババッ!!

「ぐあああああっ」

叫んだのはイカロスだった。死んだと思った賢吾が「あれ？」とゆっくりと目を開くと、そこにはフォーゼがいた。ベースステイツで、チェーンソー・モジュールを右脚に装着して、イカロスの横腹を斬りつけている。

「くっ」

たまらず距離をとるイカロス。

「弦ちゃん！」

「弦太朗」

「おう！　待たせてすまなかったな、賢吾、ユウキ」

そして、駆けよってユウキと賢吾を助け起こしたのは園田紗理奈だ。

「園田……さん⁉」

「ごめんなさい。もう大丈夫よ、城島さん」

フォーゼはリーゼントを整えるようにトンガリ頭を触る決まりのポーズをとった。

何かを察したように、暴れていたダスタードたちの動きが瞬間止まって、フォーゼに注目する。

生徒たちも見る。

ライダー部も見る。

イカロスも見る。

船に乗っている全員がフォーゼを見ていた。

「宇宙、キタ――――ッ！」

よく通る声が会場に響き渡り、それを聞いた生徒たちの胸に希望のスイッチが入った。

「仮面ライダーフォーゼ！　高校生活最後のタイマン、キッチリはらせてもらうぜ！　俺は、みんなと笑って卒業したいんだ！」

生徒たちが大歓声を上げた。

3

まるで巨大鯨と人間の戦いだ。暴れる鯨の背中に銛を突き立てる海人、それが今のメテオだ。メテオストームになってアルゴ・ゾディアーツにシャフトを何度も突き立てた。が、硬くて貫通できない。だがダメージは与えているのか、アルゴはシャアアアッと不快そうな不協和音を発しながら船尾の女神像の眼の部分から稲妻のようなビームを出して反撃してくる。シャフトで弾くが、バランスを崩すメテオ、倒れながらもシャフトにストームスイッチを挿して必殺技を繰り出した。

「メテオストーム・パニッシャーッ!」

女神像に向かって一直線に向かっていった回転独楽《ごま》。だが、女神像にはヒットしなかった。独楽を睨んでいた女神像が目線をふっと右にずらすと、独楽攻撃も右に逸れてしまったのだ。ピクシスの方向転換能力だ。

「嫌がるってことは、そこがお前の急所か?」

メテオストームは、独楽をベルトに戻すと、シャフトを勇壮に振り回して向かって行く。だが、シュルルルル! 今度は縦横無尽に伸び縮みする帆布が襲いかかってきた。ヴェラの能力だ。上下左右、あらゆる方向から蛇のように執拗《しつよう》に襲ってくる。懸命に応戦するが、メテオストームのスピードをもってしても一手先を越されてしまう。プッピスの攻撃予測能力が発動しているのか。ガガッ！　と、ついに帆布がメテオストームの足首を捕らえた。あっという間にグルグル巻きに拘束され、ものすごい力で締めあげられた。

「キツイな、このタイマン。いや、コイツは四人分だからタイマンとは呼べないか」

肉が絞られ、背骨がねじ切られるような激痛が走った。ギシギシギシッ！　バキンッ！　メテオストームスイッチがベルトから弾き飛ばされ、オフに！　通常態のメテオに戻ってしまった。

「ぐああああああ」

荒れた海に流星の絶叫が響いた。

一方、豪華クルーズ船内では、イカロスとフォーゼが極度のテンションで対峙していた。じりじりじりじり。まるで居合の達人同士の戦いだ。だが、タイプ的に弦太朗は待ちに徹することができるほど、気が長くない。フォーゼが焦れて飛び出そうとしたとき、園田が両者の間に入った。

「園ちゃん!!」

「紗理奈ちゃん。邪魔すると君だってなます斬りだよ」

イカロスが冷たく腹に響く声で言った。だが、園田は意に介さず、イカロスに近づいて

いく。フォーゼが止めようとすると、「私にやらせて」と言うように手で制して、

「ツバサくん。あなたは、自分のことを私自身だと言ったわね」

「……言ったけど？」

イカロスは血まみれの少女・紗理奈の姿に戻る。同じ顔が睨みあう。あたかも学生時代と教師時代、二人の園田紗理奈が対峙しているかのようだ。

「それがどうした？」

邪悪に笑う少女・紗理奈すなわちツバサに、園田が決意の言葉を投げかける。

「私の中に帰ってきて」

「な……！」

意表を突かれて、ツバサの表情から一瞬、余裕が消えた。

「あなたは私の弱い心が生んだモンスターよ。ちっぽけな私から生まれた、もっとちっぽけな存在にすぎない。さあ、私の中にお帰りなさい！　もう一度いっしょになるのよ」

ツバサがギリギリッと歯噛みした。なぜか言い返せない。

ドドーン！　またもクルーズ船が大きく傾いた。アルゴ・ゾディアーツが暴れているのだ。

「流星さんが、危ない！」

気丈に生徒の救助に当たっていた友子が、泣き出しそうな声で叫んだ。

「流星が⁉」

「行って、如月くん。この子は私が浄化する」

　園田がツバサを睨みつけながら、凜《りん》と言い放った。その眼は、スコーピオン・ゾディアーツのころともまた違う「戦士の眼」だ。

「皆に先生って呼ばせていた償いに、最後だけ先生らしいことをしたいの」

　ツバサが嘲笑した。

「先生らしいことって何だよ？」

「生徒たちの未来を守る」

　その言葉は空間に響いた。鬼島やライダー部の誘導で逃げていた生徒たちも皆、立ち止まって園田を見た。ユウキも賢吾も園田を見た。

　フォーゼも、すべての思いを込めて園田を見た。決意に満ちた表情の園田がそこにいた。

「わかったぜ、園ちゃん。頼む」

　そしてロケットモジュールを出して飛び上がると、ホールの外へ飛び去った。

　残されたツバサは開き直ったようにフンッと息を吐くと、

「じゃあ、お望みどおり、いっしょになってやろう。ただし、オレの方がお前をすべて吸収してな。ヘンシン」

　だるそうにイカロスに変身し、一瞬で園田との間を詰めた。

「！」

両腕でガバッと園田を抱きかかえると、続いて両翼で抱きしめるように覆ってしまう。

次の瞬間、翼の隙間からコズミックエナジーの眩《まばゆ》い光が吹き出し、二人を包み込んだ。

「園田先生ッ！」

ユウキが思わず、そう叫んだ。自分でも気がつかないうちに再び「先生」と呼んでいた。

メテオは激痛の中で意識が薄れていくのを感じていた。さっき戦いの最中に、フォーゼが園田紗理奈を抱きかかえて豪華客船に飛んできたのは、視界の端で確認した。俺も時間稼ぎ程度にはなったってことだ。だが少々情けない。ここで俺は海に散ったとして、あいつに助けられた命をきちんと使い切れたって言えるんだろうか？　あいつ、少しは褒《ほ》めてくれるだろうか。

「しっかりしろ、流星ーっ」

弦太朗の声が聞こえた瞬間、拘束が解けて、メテオはドサッと甲板に投げ出された。呼吸ができる。酸素が脳に供給され、視界に色が戻ってきた。見ると、フォーゼが左手の巨大バサミで、メテオを苦しめていたアルゴの帆をジョギジョギ切り裂いている。

「げ……弦太朗？」

「気合が足りねえぞ、流星！　お前ほどの奴が！」

褒められなかった。叱られた。でも、なんだか嬉しい。「面目ない」そう言おうと思ったが、やめた。

「そっちこそ遅いぞ弦太朗。高校生活最後のけんか、一人でやるのも味気ない。お前を待ってたんだ」

スタンッとメテオの隣に着地したフォーゼ。

「そういうことなら、さっさとかたづけようぜ」

「おう。あの船尾にある女神像、あれがコイツの頭脳と見た」

「あそこをぶっ叩けばいいんだな」

二人のライダーは同時に戦うポーズをとった。それは最強コンビの姿だ。女神像が恐怖したようにブルッと震えた。フォーゼは、駆け出す足裏にその感触をたしかに感じた。

イカロスと園田はしばらく光に包まれていた。

たまらずに、駆け寄って触れようとしたユウキを賢吾が止めた。

「待て、ユウキ」

「でも、園田先生が」

「感じろ」

「え？」

「感じるんだ、先生とイカロスのコズミックエナジーを。ほら、聞こえるだろう？　二人の会話が」

ユウキは光源である二人を見つめ、耳を澄ませてみた。コズミックエナジーの共振。

「………」

かすかに、やがてハッキリと、聞こえてきた。聞こえたと言うよりも感じた。

園田とイカロスがしゃべっている。

「今はっきりわかったわ。やっぱりあなたは私でもツバサくんでもない」

「何だと？」

「SOLUって言うんですってね。あなたは、宇宙アメーバが〝私の罪悪感が生んだ偽物の人格〟をコピーした物体にすぎない。ただの後悔と模倣の固まり」

「なめるな！」

「なめてるのはそっちよ！　あなたがM－BUSで読み取った私の怨念はあげるわ。けど、私の〝夢〟だけは返してもらうわよ」

「破れた夢の残骸を回収するって言うのか？　それを抱いて、残りの一生を負け犬として生きるために？」

しん……となった。一瞬の間。聞いていたユウキと賢吾も戸惑う。どうした園田、大丈夫か？

「どんなに破れた夢だって、あなたに汚させるわけにはいかない！」

園田が凜と言い放った。

十数年前の運命の花火大会の日、少女・紗理奈はツバサとの待ち合わせに遅刻してしまった。母に浴衣を着つけしてもらい、髪も結い上げてご機嫌だったのだが、下駄がいけなかった。途中で鼻緒が切れてしまったのだ。しかたなく家に戻って鼻緒を挿《す》げ替《か》えてもらってきたが、すっかり遅くなってしまった。ツバサくん、怒ってるかな。約束の神社に駆けつけ、急いで境内を探し回ったが、ツバサの姿はない。チカチカっと小さな音を立てて社殿の水銀灯が灯った。いつの間にかあたりは暗くなっていた。遠くから、ドーン、と花火が打ちあがる音が聞こえてくる。ああ、もう花火大会始まっちゃった……そのとき、境内の杉木立から物音が聞こえた気がした。

「ツバサくん？　いるの？」

返事はない。日が沈んだ境内はひっそりとして、まるで見知らぬ場所のようだ。ガサガサと、また音がした。紗理奈は恐る恐る杉木立に分け入っていく。

「ツバサくん、紗理奈だよ、遅れてごめん……」

そのとき、どーーーん！　というひときわ大きな音の花火に照らされて、古木の陰からナイフを持った狐の化け物が飛び出してきた。

「キャーッ！」

紗理奈は驚いて尻餅をつく。すると化け物が笑いながら狐のお面を外し、ツバサの顔があらわれた。

「アハハ、オレだよ。ビックリした？」

恐怖が解けると猛烈な怒りがわいてきた。紗理奈はそのまま後ろも見ずに境内を飛び出した。ツバサが慌てて追いかけてくる。

「え？　ちょっと？　ごめんよ紗理奈ちゃん、待ってよ」

「ツバサくんなんかもう知らない！」

「ホントにごめん、機嫌直してよ。あのね、オレにも夢が見つかったんだ。紗理奈ちゃんにいちばんに聞いてもらいたくて。ちょっと見て欲しいものがあるんだ。こっち来てみてよ」

「もう知らないったら。どっか行って！」

紗理奈はしばらく歩き続け、いつの間にか車道に出ていた。

あれ？　ついてきてるのかな？　ツバサのことを気にしたそのとき、紗理奈の背後に嫌な風が起こった。続いて轟音とともに、何かが何かを押しつぶす鈍い音が響く。振り向いた紗理奈の足もとに、血に染まった狐のお面が転がってきて止まった……。

それが、園田紗理奈の最もつらい体験だった。

園田は今、その体験から目をそらさず、もう一度向き合おうとしていた。弦太朗が再び種子島を訪れた今朝、外へと飛び出した園田が向かった先は、その古い境内だったのだ。

あのとき、ツバサくんは私に何かを見せようとしていた……。

記憶をたどるようにあの杉木立へと分け入っていき、一本の古木を探し当てた。裏側に回り込んでみる。そこには、こう刻まれていた。

『先生になって、みんなの夢をささえたい』

園田の目に涙があふれた。次々にあふれては、ボロボロと頬を伝う。刻まれた文字を優しく撫でると、ぎゅっと古木に抱きついた。

ぽん、と誰かが園田の肩に手を置いた。大きな手。弦太朗だ。

「……園ちゃん」

振り返った園田の顔には強い決意が浮かんでいた。

「如月くん。私を連れて行って。プロムへ」

園田の記憶は、イカロスと園田を包むコズミックエナジーの波動に乗って、ユウキと賢吾の中にも流れ込んできた。ユウキの頬に涙がツウとつたった。

と、そのとき、イカロスからひときわ眩い光がシュバッと一筋立ち昇った。

「!!」

今までとは違う清らかな輝きだ。

「よ、よせ！　そのエナジーはオレの核となるもの」

焦ったイカロスが泣き落としにかかった。

「よせ、紗理奈ちゃん！　やめてってば。またオレを殺すの？　あの日、無残にバイクに轢かせたように」

だが、園田はクールに切り返した。

「私はツバサくんを殺していない。わかってた」

「く、こいつ、トラウマを克服したと言うのか？」

「私の夢、返してもらったわ」

園田が力強く言い切った。

そのとき、賢吾はたしかに見た。イカロスから抜け出たコズミックエナジーが一ヵ所に集まって、ひとつに結晶化するのを。駆け寄って、拾い上げる。

「スイッチ？」

それは特殊な青いアストロスイッチだった。

イカロスは、抱きしめていた園田を引き剝がし、突き放した。そして苦しそうにうずくまる。

「園田先生、やった」

ユウキがガッツポーズをした。

だが、脅威が去ったわけではなかった。邪悪な攻撃性のみが取り残されたイカロスがそこにいるのだ。その姿にはもう、ギリシャ彫刻のような美しいバランスはなかった。翼は折れ、醜悪に歪んでいた。「怪人」と呼ぶにふさわしい姿だ。荒い呼吸をなだめ、混乱した思考を落ち着かせようとするかのようにうずくまっている。ただただ、不気味だった。

フォーゼは、ロケットスイッチスーパー1をオンにして、全身オレンジ色で両腕にロケットモジュールを搭載したロケットステイツになった。なでしこに貰《もら》った力で得たフォーゼの特殊形態だ。

「流星、援護頼むぜ」

「任せろ」

メテオはサターンのレバーをONにし、指紋認証した。

『OK』

「行っくぜえええ」

フォーゼは両腕のロケットを出力フルパワーにし、その勢いで走り出す。アルゴ・ゾディアーツは、船尾の女神像に到達させまいと、串刺しにしてくれると言わんばかりに、肋骨のような棘をザクザクと体内から出して攻撃してくる。カリーナの能力だ。海賊刀を持ったダスタードたちもワラワラと襲ってくるが、フォーゼはそれをまったく意に介さず走り抜けていく。なぜならメテオがすべての攻撃を弾いてくれると信じているから。そして実際にそれを遂行するメテオ。自分は攻撃を受けてもかまわない、だがフォーゼには指一本触れさせないという覚悟で、土星カッターでフォーゼに向かう攻撃をすべて切り刻んでいく。フォーゼはバンッと地を蹴ると、凄まじい勢いのまま全身をドリルのように高速回転させて、アルゴ船の象徴である女神像へ突っ込んでいった。女神像はピクシスの方向転換能力でその攻撃を逸らそうとするが、フォーゼには効かない。フォーゼの今この瞬間のエナジーが、アルゴのそれをはるかに上回っているのだ。女神像の顔が焦りと悔しさに歪んだ。

「うおおおおおおおおおおおおお」

アルゴが遼子・すみえ・穂積・牧瀬の四人の声が入り混じった奇声を上げた瞬間、ロケットステイツの必殺技・ライダーきりもみクラッシャーが女神像に炸裂《さくれつ》！　粉砕した。アルゴ船全体に衝撃が走り、ダスタードたちは全員ジュワジュワッと消滅した。アルゴは大ダメージを喰らって、ビクンビクンッと痙攣《けいれん》している。マストにしがみつきながらメテオが言った。

「よし、弦太朗！　とどめのリミットブレイクだ。こいつの腹の中をかき回してこい」

だが、フォーゼは返事をしない。何か考えているようだ。

「おい？　弦太朗、どうした？」

「流星。俺、やりたいことがある」

「なんだ？」

「こいつらを宇宙に連れて行く」

「何だって？」

アルゴにも聞こえたようで、船の横についた鯨の眼のような瞳がギョッとしたような表情を見せる。

「よせ。爆発のエネルギーなら、俺のストームシャフトで吸収できる。地球上で解決できるのに、無駄なエネルギーを使う必要ない。まだ大ボスのイカロスがいるんだぞ」

「でも、見せてやりたいんだよ。悩み多きこいつらに」

「……宇宙をか？」

「ああ！　この世界はでっかいっていうことを！」

フォーゼはロケットステイツからコズミックステイツにチェンジ。メテオは束の間フォーゼを見つめていたが、

「まあ、それもいいかもしれないいな」

そうだ、これが俺の惚れ込んだ如月弦太朗なのだ。

「行くなら早く行け。イカロスは俺が相手しておく」

キリッと豪華客船のほうを見た。

「すまねえな。損な役ばっかり」

返しきれない恩があるからな。それは口に出さず、返事代わりに手を軽く動かすとジャンプ一閃、メテオは豪華客船に飛び乗った。それを見送るとフォーゼは、自分が乗っているアルゴに向かって言った。

「さあ、行こうか。お前たち」

甲板にバリズンソードを突き立てる。すると、下の海が割れてワームホールが発生した。その中にグッと船体を押し込むと、

「おりゃあああああああああ」

シュバッ！

時間や空間やいろんなナニカをぐいっと潜り抜けた不思議な感覚のあと、そこに広がっていたのは暗闇の世界。

宇宙だ。

ドバーーーン！　着いた瞬間、アルゴ・ゾディアーツは独りでに破裂したかと思うと、残骸の中から四体のゾディアーツが現れた。カリーナ、プッピス、ヴェラ、ピクシス。溺れる者のようにわたわたと手足を動かして未体験の無重力空間を浮遊する。さっきまで死闘を演じた相手とは思えない、情けない姿だった。

「遼子、すみえ、穂積、牧瀬……」

フォーゼは四体に向き合うと、突然ガバッと頭を下げた。

「済まねえ！　俺、ゾディアーツになっちまうくらいプロムが嫌だっていうお前たちの気持ち、全然わかってなかった」

意外な言動に一瞬戸惑いながらも、

「てめえ、今ごろ何ほざいてんだ！　情けをかけるくらいなら殺せ！」

カリーナが吼《ほ》えた。ほかの三人も同様の気持ちであることがわかる。もちろん宇宙空間で声が聞こえるわけではないのだが、コズミックエナジーがそれを伝えているのだ。

「情けなんかじゃねえ。ただ、伝えたかったんだ。俺たち、同じ高校に通いながら、お互いにまったく違う世界に生きてるように思えるときもある。けど、そうじゃねえ。キングだって、クイーンだって、悩みはあるんだ。俺みたいなバカも、賢吾みたいな秀才も、それぞれの苦しみを抱えてるんだ。いっしょなんだ。先生も、生徒も、仮面ライダーも……ゾディアーツも。みんな悩んでんだよ！　青春は悩みの大宇宙だ」

遼子たちが最も嫌う、弦太朗の暑苦しい青春格言だ。だが、カリーナも今度は吼えなかった。

フォーゼは続けた。ただ黙って聞いていた。

「それを伝えたくて、ここに連れて来た。見ろよ。宇宙を」

指さした先に、宇宙が広がっていた。

「まっくらじゃん」

「やだ、キモい」

感動してくれるかと思いきや、違った反応。フォーゼはガクッとなって、

「おいおい。じゃあ、こっちだ。こっち見ろ。あれが地球だ」

慌てて指さす先には、地球。

「おお。きれいだ」

「青い」

「あれが、地球……」

「胸にナニカ感動がわき上がってくるよおおおお」

今度は響いたようだ。四人の心が震えだす。

「きれいだろ。キラキラしてる。俺たちはあの星に生きてんだぜ」

ゾディアーツたちはそれぞれの想いで宇宙空間に漂っていた。

カリーナは地球を見ている。外から見る地球は意外なほどに小さかった。あの中にある日本という国、そこにある天高という小さな居場所を中心にしたささやかな世界。私、坂本遼子の世界はたしかに小さかった。アタシは「その気さえあればどこにでも行けて何にでもなれる」なんてこと信じられる性格はしていない。けど、この瞬間、たしかに可能性は感じた。ひょっとしたら今の自分は別の自分に変われて、ここではないどこかへ行くこ

ともできるかもしれない、そんな気持ちが湧いてきた。

プッピスのすみえも開き直った気持ちがしていた。なんだかこの宇宙の広さに勇気をもらった。自分は自分でいいじゃないか。あれほど心に重くのしかかっていた父親さえ、何でもないものに思えてくる。

ヴェラの穂積にも、今まで感じたことのない感情が湧き上がっていた。それは畏敬《いけい》の念だった。それまでの自分は、自分以上に大切なものを知らなかった。すべてが思いどおりにならねば許せなかった。それがどんなに思い上がったことだったか、急に気づかされた気がした。もっと謙虚な気持ちで、イライラをコントロールしていこう、そう思えた。

牧瀬も思った。あの星には、きっと僕みたいな弱くてダメなやつがいっぱいいる。そいつらもきっともがいてる。自分だけが楽して強くなろうとするのはもうやめよう。世界の広さを実感することで何か自分が変われる気がした。

フォーゼは独りウムと頷くと、バリズンソードを構えた。宇宙の無限のエネルギーがフォーゼの体を突き抜け、ソードの先端へと凝縮されていく。

『リミットブレイク』

渾身《こんしん》の力を込めて、フォーゼがバリズンソードを振り下ろした。ピクシス、ヴェラ、プッピス。次々とコズミックエナジーが爆発四散し、漆黒の闇に消えていった。最後に残ったカリーナが地球を見ながら言った。

ピタッと剣を止めるフォーゼ。

「なあ、如月」

「なんだ、遼子」

「アタシ、なりたい自分になれるかな」

「……なれるんじゃねえか。見えてるんなら」

カリーナは照れ隠しのように中指を立てた。フォーゼはそれごと粉砕した。

次の瞬間、遼子の意識は豪華客船の船上にあった。甲板の端にズブ濡れで糸まみれで転がっていた。夜空を見上げる。あそこから見てたのか、と思ったら、なぜか涙が出た。ふと隣を見ると、牧瀬も穂積もすみえもみんな泣いていた。泣いてはいたが、なんだかスッキリした顔でもあった。

4

　メテオが豪華客船のホールに戻ったとき、気味の悪い静けさが充満していた。見るとホールの真ん中に、翼の折れた怪人がうずくまって荒い呼吸を必死で抑えようとしている。その呼吸音だけがただ響いていた。ダスタードは一人もいなかった。おそらくフォーゼが女神像を粉砕したときにすべて消滅したのだろう。生徒たちも、鬼島が指示した救命ゴムボートで全員避難したようだ。後に残っているのはライダー部の面々と園田紗理奈だけだった。

「流星さん！」

　友子がメテオに最初に気づき、流星の無事を喜び駆け寄った。だが、友子の表情にも緊張が張り付いたままだ。

「友子ちゃん、これはどういう状態？」

「園田先生がイカロスを止めたの」

　メテオが聞く。

「園田サン、これは？」

　園田は困惑したような顔で首をふる。

「わからない。でも、これで終わったとは言えないような気がする」

賢吾がイカロスと園田の身体から飛び出したエナジーの結晶体であるスイッチを分析している。

「園田先生がイカロスを構成するコズミックエナジーから、なんていうか〝正しい力〟だけを抜きとった。それがおそらくこれだ」

青く輝くスイッチを見せる。通常のスイッチよりも縦に倍くらい大きい。

「なでしこがスペシャルなロケットスイッチを作ったように、SOLUの不思議な力がまたしても新アストロスイッチを生みだしたのかもしれない。十分に解析できていないが、ランチャースイッチ・スーパー2とでも呼ぶべきものだ」

JKがダメ元風に提案を投げた。

「とりあえずこの怪物は残して、船から逃げません？」

皆、そうしたい気持ちでいっぱいだったが、ライダー部としての使命感がそれを思いとどまらせていた。メテオが言う。

「今、弦太朗がアルゴ・ゾディアーツを宇宙に連れてって最後の仕上げ中だ。あいつが帰るまで待とう」

賢吾が同意する。

「そうだな。コズミックの力で宇宙で始末してもらうのがいちばん良さそうだ」

それが聞こえたのか、イカロスの背中がかすかにブルンッと震え、コズミックエナジーを発散させた。無色透明だが邪悪なエナジー。鋭い感性の友子がそれに最初に気がついた。だが、その邪悪な迫力に圧倒されて声が出なかった。次に気がついたのが、イカロスのいちばん近くにいたハルだ。それを皆に伝えようとした。だが、その声に追いつき、かき消すように、嫌悪感をもよおす叫びがホールに響いた。

「ギャァオオオオオオオオオオッ」

友子は見た。うずくまっていた肉塊がドンッと弾けて四肢を開くのを。邪悪な結晶体とでも言うような醜悪なイカロスの姿を。そして、その鋭い爪がハルの頭を腐ったトマトのようにグシャッと潰すのを！　否。寸前、メテオが間一髪、ハルとイカロスの間に身体を入れてガードしていた。ハルの頭を吹っ飛ばすはずだった爪はメテオの肩に食い込んでいた。

「危なかったな。ハル」

「流星さん⁉」

「みんなも離れてろ」

爪を引き剝がし、バックステップすると、星心大輪拳の構えをとり、イカロスに対峙するメテオ。

「ギャァオオオオオオオオオッ」

イカロスが叫ぶと、その背中から無数の翼が生えてきた。だがすべて生えきる前に折れていく。折れた翼が背中に溜まっていく。まるで、雨のように降り注ぐ矢を背に浴びた落ち武者のようだ。折れた翼が増えるたびに、どんどん前傾姿勢になるイカロス。

「けもの……獣《けもの》イカロス……」

友子が怖れの声で、イカロスの暴走態をそう命名した。

獣イカロスがギュルルッと前転すると全身凶器の回転球となってメテオを襲った。

「ホワチャ――！」

メテオは拳や脚の攻撃を繰り出すも、ダメージを受けるのは自分のほうだ。

「く、これでは戦いにならない」

床や柱を削り取りながら、回転して襲ってくる獣イカロスの回転球。メテオは戦っているというよりは、その凶暴な怒りの衝動をようやく捌いているといったところだ。

「ギャオオオオオオオッ」

メテオが寸前で躱《かわ》そうとした瞬間、回転球はバッと身体を開いて、その勢いのまま、かかと落としをメテオの頭部にドスンッと食らわせた。致命的な一撃。そのインパクトと同時にコズミックエナジーが弾け、メテオは吹っ飛びながら流星の姿に戻った。顔から床に突っ込み転がった流星の、その眼は焦点が合っていない。

「流星さん！」

「朔田！」

「流星くん！」

獣イカロスはそのまま再度、回転球になると、流星にとどめを刺すべく向かっていく。

「いやぁ――――っ」

飛び出そうとする友子をJKが止めようとしたが、間に合わない！　友子と流星がいっしょに粉砕死しちゃう!!　JKは最悪の事態を見るのが怖くて思わず目をつぶった。

ガシィィッ!!

だが、耳に響いた音が予想していたのと違う。あれ？　JKがそおっと目を開けると、フォーゼが、凶悪な回転球を受け止めていた。

「弦太朗さん！」

ホッとするライダー部一同。

「おう。弦太朗……」

友子に抱きしめられた流星の目はうつろだが、その頬にわずかに笑みが浮かんだ。

「流星、すまねえ、また待たせた」

フォーゼが球状になった獣イカロスをサッカーボールよろしく蹴とばした。大きくバウンドして立ち上がった獣イカロスが歯ぎしりしながら唸って尋ねる。

「フォーゼ貴様、アルゴを倒したのかアアアア」

「ああ。イカロス、お前はどうした？　なんかすっかり悪者らしくなったじゃねえか」

「ボロボロにしてやったのに！　なぜだ？　なんでそんなにピンピンしてる？」

「ピンピンしてねえよ。もうとっくに限界だぜ」

「言ってることとやってることが違うウウウウウッ」

地団太を踏む獣イカロス。

すると、ライダー部と共に離れて見ていた園田が、カッカッと前に出てきた。

「自分の利益のためだけに何かやるのは限界があるわ」

突然、授業が始まったかのように話し出す。

「我望様は、自分のことしか考えなかった。だから負けた。強さでは絶対的に優っていたにもかかわらず、たかが高校生たちに」

ＪＫが野次を飛ばす。

「されど高校生っすよ、先生」

園田、笑って受けて、獣イカロスに続ける。

「この子たちを見て。この地球の、今どきの高校生」

園田の臨時授業を聴いているフォーゼ、流星、友子、ＪＫ、蘭、ハル、そして賢吾、ユウキ。美羽と隼はもう高校は卒業している身なので、今どきの高校生と言われると、ビミョーに居心地が悪い。

「彼らができることなんてもちろん大したことない。だけど知ってた？　〝ほかの人のためにやること〟は、自分の限界以上の力を引き出してくれるの。彼らは自分のためではなく、誰かのために戦っている」

獣イカロスは歯ぎしりして聞いている。ギリギリギリギリ。ジュルジュルジュルジュルと、涎が零れ落ちる。それをビシッと指さして園田が言い放った。

「自分のためだけに戦うあなたが、この最強高校生・仮面ライダーフォーゼに敵《かな》うわけがないわ」

獣イカロスは怒りのままに球体になり、コズミックエナジーを発散させて同じ位置で回転しだした。そして邪悪な声を絞り出す。

「フォーゼ！　オレたちも宇宙で対決だ。この女どもの憧れていた宇宙でな！」

園田とユウキが顔を見合わせる。

フォーゼは獣イカロスの挑戦を受けて立った。

「いいけど、お前、行けるのか？　宇宙？」

「馬鹿にするなアアアアアア」

その場で回転し続けていた獣イカロスはドシュッと上昇。ホールの天井、船のデッキをバンッ、バンッと突き破って、空に向かってロケットのようにギュオオオンと打ちあがった。

フォーゼはしばらくその穴を見上げていたが、困ったように言った。

「俺、じつはワープするエナジー、もう残ってねえ。どうすっか」

「え、そーなの？」

　一同びっくりする。

「ねえ、アイツ、宇宙に帰ったならほっといたらどうっスか？　もう帰ってこないんじゃないかな」

　またも逃亡を提案するＪＫに、蘭が反論した。

「逆に仲間連れて帰ってくるかもしれないじゃん。ガツンと叩いておかないと」

　ここで美羽が得意げにズイッと出てきた。

「弦太朗。パワーダイザーがあるわよ。それで打ちあがっちゃいなさい」

「え？」

　隼がキランと指で得意のポーズを作り乗っかってくる。

「ゾディアーツ退治のために使おうと思って、船の車両デッキに積んでおいた」

「じゃあ、なんでダスタードが出てきたときとか、さっきとか、使わなかったんスか？」

「タイミングを逸してな」

　またキラン。呆《あき》れる一同。

　皆で上のデッキにあがると、夜空のかなたに、打ちあがったイカロスが急上昇していくのがかすかに見えた。車両デッキからパワーダイザー・ビークルモードとフォーゼの専用バイク・マシンマッシグラーがオートドライブで自走してきた。フォーゼがマシンマッシグラーに跨《また》がったところへ、園田が駆け寄ってくる。

「如月くん……如月弦太朗くん」

一度呼び、フルネームでもう一度呼んだ。そこに込められた想いに、フォーゼは気づかない。

「おう、園ちゃん。あいつは俺が止めてやる」

「……弦太朗くん、お願い」

今度は名前で呼んだ。

「じゃあ、ちょっくら行ってくるわ」

「そうじゃなくて。戻ったら、無事に戻ってきたら、ラストダンスはちゃんと踊って。私と」

ハンドルを握るフォーゼの手に、園田の白い手がそっと重なった。最強高校生・如月弦太朗の胸がドキンと鳴った。

「プロム、踊ってくれるってことか？」

園田がこくりと頷いた。

「あ、ああ！　わかったぜ！」

嬉しくて、その勢いでアクセル全開！

「きゃあ」

園田が驚いて飛び退《の》く。フォーゼはマッシグラーで豪華客船のデッキをブロロローッと一周すると、パワーダイザーの上にガシャンと乗った。

『タワーモード』

PC音声と同時に、ダイザーが打ち上げモードに変形、フォーゼもバイクに乗ったまま垂直状態になった。ダイザーがカウントダウンを開始する。

『3』『2』『1』

「弦太朗っ」

と、賢吾が何かを投げた。垂直状態のまま、パシッとキャッチするフォーゼ。

「なんだ、これ？　新しいスイッチ？」

『ブラスト、オフ』

賢吾の返事を待たずに、ドシューッとバイクに乗ったフォーゼが打ち上げられていく。

「おーっとっとっと」

高く高く飛んでいくフォーゼを、仲間たちが見上げている。賢吾がユウキの手をギュッと握った。

「弦太朗を信じて待とう」

「だね」

弦太朗の勝利を祈るユウキだった。

フォーゼを乗せたバイクが猛烈なスピードで駆けていく。駆けている、と言っても、道の上ではなく、空。グングン進む。上へ上へと走る。大気圏を突破して地上百キロメートル、宇宙空間に出た。さらにさらに進んでいくフォーゼ。重力はもうない。コズミックステイツで瞬間ワープも結構だが、重力を振り切って疾走するこの「宇宙への行き方」が弦太朗の好みだ。

マッシグラーの行くスペースロードの先に獣イカロスは待っていた。真っ暗で音のない世界に浮かぶ醜悪な怪人。無数の折れた翼を背負っている。フォーゼには、それがまるで天高生たちの膿《うみ》がすべて吐き出されて結晶化した存在に思えた。

これからするタイマンは儀式だ。卒業という儀式。

フォーゼと獣イカロスが向かい合った。

「…………」

「…………」

獣イカロスが先に動いた。暗黒コズミックエナジーをその身体から噴き出して超高速回転球になってドンッと彗星《すいせい》のようにフォーゼに向かってきた。だが、フォーゼはそれを避けなかった。大横綱の相撲のようにガシッと身体全体で受け止めた。

「！」

獣イカロスは恐怖した。勝てない、コイツには。瞬間、それがハッキリわかった。すかさずフォーゼから離れる。

逃ゲタイ。逃ゲタイ。逃ゲタイ。

園田の闇人格から生まれた究極生物は、もともとの原始生命体のレベルに退化していくようだった。だが一方、逃げようとしていた獣イカロスの中に、相反する怒りの衝動も湧き起こった。コンナヤツニヤラレテタマルカ！

「ギャオオオオン」

過去最大のダークコズミックエナジーを噴き出しながら、もう一度球体になった。まるで暗黒太陽だ。

フォーゼは、賢吾に渡された新しい青いスイッチを手に取った。使ってみよう、こいつを。きっと今がそのときだ。スイッチオン！

新たな形態、フォーゼ・ランチャーステイツになった。両足と両肩にランチャーモジュールがついた、全身濃い青のステイツだ。

「感じるぜ、イカロス。このエナジーは、お前がプロムで吸い取った天高生たちの『未来への夢』だ。園ちゃんがお前から取り返したんだな」

再度突っ込んでくる暗黒太陽をフォーゼ・ランチャーステイツが迎え撃つ。

「夢のパワー、今度はミサイルとしてくらってみろ」

『リミットブレイク！』

全身から無数のミサイルを打ちだす。

ドドドドドドドッ!!　そのすべてが暗黒太陽を直撃した。

「イカロス、お前に翼はふさわしくないぜ」

全弾被弾して、球体がゆっくりとほどけていく。クルッと背を向けるフォーゼ。その向こうで、大の字となった獣イカロスが爆発した。宇宙へ散らばっていくコズミックエナジーがフォーゼの背中に重なって、まるで翼が生えたように見えた。

フォーゼは思った。

宇宙へ帰れ、ＳＯＬＵ。今度はネガティブなパワーに引き寄せられることなく、自分の意思に目覚めてこい。そして、もしまた逢えたら、今度はなでしこと同じように、

「ダチになろうぜ」

豪華客船に残されたのは、ライダー部員たちと園田、アルゴの四人だけだった。遼子もすみえも穂積も牧瀬も正気を取り戻し、さすがに気まずそうにしていた。

「ごめんなさい」

すみえがまず頭を下げた。牧瀬と穂積が慌ててそれに続き、遼子も最後に黙って謝った。

「どうします？」

ＪＫは彼らの処分について皆に尋ねたつもりだったが、

「どうするって……プロムの続き、やらない？」

ユウキが笑って、そう答えたので、全員赦《ゆる》された感じになった。

「さすがユウキさん」

友子は感心して呟いた。

それを横で聞いた美羽は、友子の肩を抱いた。

「Ｏｏｐｓ！　あなたも大したものよ、友子。さすがライダー部部長だわ。よくみんなを引っ張ってきたわね」

友子が驚いて美羽を見た。知らなかった、私のことちゃんと見ていてくれたんだ……晴れやかな気持ちが広がった。

「会長……」

気の強い女子二人は笑顔で友だちのシルシを交わした。

「あのー、これはいったい……」

まったく状況がわからぬまま目覚めた豪華客船の船長とクルーたちが恐る恐る声をかけてきた。

「あ、気にしないでください、うちの高校ではこういうの日常茶飯事なんで」

「ささ、港に向かって、面舵《おもかじ》いっぱーい」

そこへ、

「おーい」

フォーゼがパラシュートモジュールで降りてきて、仲間たちが歓声で迎えた。

港には、優希奈や鬼島を先頭に卒業生たちが待っていた。フォーゼたちの戦いをみんな固唾を飲んで見守っていたのだ。その拍手と大歓声に弦太朗らライダー部の一同が手をふってこたえる。弦太朗が言った。

「みんな上がってこいよ！　プロムの続きだ!!」

ひときわ大きな歓声に水面が揺れた。

かくして、戦闘で散らかった会場をみんなで簡単にかたづけて、パーティーが再開されることになった。びっくりしたのは大杉先生が乱入してきたことだ。サスペンダーをバチンバチンと鳴らしながら、弦太朗のところへやってきて、

「如月ィ～、卒業式はサボったくせに、プロムだけ出ようなんて十年早い！　そんなんで貴様、卒業できると思ってるのかあ」

唾を飛ばしながら喚きまくった。

「え？　え？　俺、卒業できないの？」

弦太朗がショックを受けると、筒でポコンと叩かれた。

「嘘だよん。ほれ、卒業証書だ。持ってきてやったぞ」

「大杉先生〜！」

二人、ガシッと抱き合った。大杉は弦太朗を抱きしめながら勝手に感慨にふけりだす。

「如月、卒業おめでとう。これまでよく戦ってくれたな。ありがとな。ありがとう。俺はお前のことが好きだ。担任になれて良かった」

そこに園田が現れて、横から弦太朗に声をかけた。

「そろそろ行こう。弦太朗くん」

突然の園田登場に目を丸くする大杉。

「！　そ、そ、園田先生？　いったいなぜに？　ここに？」

園田は大杉に無言で会釈すると、質問はスルー。弦太朗の手を握って微笑んだ。弦太朗も微笑み返す。二人のいいムードに絶叫する大杉。

「何それえええええ」

「じゃあ、大杉先生もプロム楽しんでってくれよな。また」

弦太朗と園田は会場の奥のほうへ消えていった。一人残された大杉がまた喚いた。

「如月ィ、俺はお前が大嫌いだああああ」

大杉が地団太踏んでいるうちに、優希奈が舞台上にあがった。

「改めまして、新・天ノ川学園高校恒例、卒業記念プロム・パーティーを開催いたします！　イエイ」

優希奈の開会再宣言とともにクラッカーが鳴り響く。それを合図に軽音楽部による演奏が始まった。

「改めまして、盛り上がっていきまっしょー」

ロックンロールに歓声で応える生徒たち。みんな笑顔で踊りだした。

開会宣言が終わって弦太朗を探す優希奈。その手を誰かがガシッと摑んだ。ＪＫだ。

「え？　君は弦太朗の後輩の……」

「ＪＫです」

「え、何？　どうしたの？」

唐突な行動に驚く。

「優希奈さん、俺と踊ってくれないっスか？」

「は？　そんな伏線あったっけ？」

「美羽先輩が言ってたっス。プロムになると、みんな揺れるんだって。だから、先輩もちょっと揺れてみません？」

お調子者が真剣な目をして笑った。優希奈もちょっと迷ったあとで、気持ち良く笑い返して「いいよ」と頷いた。

「なぁ、踊んないか？」

「え？　ああ……うん」

穂積の誘いを受け、手を取ったのは遼子だ。ぎこちなく微笑みあう。どちらも別に好きな相手ではなかったのだが、あまりに濃密なこの数日を過ごすうちに、同志としての絆《きずな》が生まれていた。こんな形で始まる恋もアリだろう。

牧瀬もすみえに言った。

「お、踊ってもらえませんか……って、ノーと言えない君にこんなこと言ったら悪いかな」

すみえの顔に、初めて笑顔が灯った。

「ううん、よろこんで」

ふた組とも「高校生活、最後の最後でやっとパートナーを見つけた」と幸せそうな表情だ。

白いパーティー衣装は戦闘ですっかり汚れてしまったが、賢吾とユウキもなかなか華麗に踊っている。

「賢吾くん、アメリカ留学のこと内緒にしててゴメンね」

「謝ることじゃないだろ。気にしてないし」

「むっちゃスネてたよ」

「そうか？」

続いて真顔で聞くユウキ。

「賢吾くん、さっき私にキスしたよね」

賢吾がとぼけて上を向く。

「したよね？」

「うーん」

ユウキ、最高の笑顔を見せた。

「よく覚えてないから、もう一度ちゃんとして」

今度は賢吾もとぼけない。ちゃんとユウキにキスをした。クールに見せて情熱的なキス。賢吾の性格そのままだ。

その横で踊っていたのは弦太朗と園田だ。弦太朗は、いきなり唇を重ねている賢吾とユウキに驚いてガン見していたら、園田に叱られた。

「コラ。よそ見しない」

「あ、ごめん」

種子島から直行の弦太朗はいつもの短ラン&ボンタン姿、園田はランニング後のジャージ姿。どちらもパーティーにはふさわしくない。ドレスアップした周囲から完全に浮いている。

「なんか、こんなときでも先生みたいだぞ、園ちゃん」

「嫌味？」

へへっと笑う弦太朗。その笑顔は人を癒《いや》すリミットブレイクだ。つられて園田もこれ以上ない笑顔になって笑った。

「先生としてケジメつけたな、園ちゃん」

「ありがとう弦太朗くん、あなたにはいろいろ教えられたわ」

「……教えられた？　俺に？」

「ええ。君から教えられて、自分を知って、自分の進むべき道を知ったわ。私だけじゃない。そんな人ばかりよね？　君のまわり」

「そうかな？」

「弦太朗くん。君、きっと教師に向いてるわよ」

「教師？」

弦太朗の中で何かがビビッと繋がった。

「教師……」

もう一度呟くと、踊りを止めてポケットから何か取り出して見た。

「どうしたの？」

園田も覗き込む。一枚のボロボロの写真。教室で見知らぬ天高の生徒たちと写った写真だ。真ん中の弦太朗はいつもの学ランではないスーツ姿。

「いつの写真？」

「いや……まだ撮ってない」

「え？」

「いつだったか『もう一人の俺』に、ベルト貸してくれって頼まれたことがあったんだ。そのとき、ヤツが落としていった写真だ」

「よく意味わかんないけど……」

「な、園ちゃん。この写真の俺、教師みたいじゃねえか？」

「そうね。言われてみれば」

弦太朗の中から何か熱いものが湧き上がってきた。なんだろう、この気持ち。言葉にするならば……納得感《なっとくかん》！　なんだかすごく腑《ふ》に落ちた感じがある！

「あいつは未来の俺だったんだ。俺は教師になるんだ」

一人で勝手に納得して園田のほうに向くと、

「園ちゃんのおかげで、俺の行く道が見えた。教師だ！」

と決意表明した。

「う、うん。でも、それって……私のおかげかな？　え？」

突然、握手の手を差し出した弦太朗。その手を見て、園田の脳裏にいろんなことが思い浮かんできた。涙も溢れ出てきた。だが、うしろ向きに感傷に浸るようなムードでもなかったので、ただ手を握った。ガッ、ガッ、ガッ。弦太朗と園田は初めて〝友だちのシルシ〟を交わした。園田は泣いていた。弦太朗は前だけを見ていた。

プロム・パーティーの甘いムードなんて関係なく、

「みんなー、聞いてくれ！　俺、先生になることにした！」

弦太朗は、彼のダチ、すなわち天高の卒業生全員に、そう宣言した。

エピローグ

旅行ガイドブックで朝ごはんがおいしい民宿として取り上げてもらってから、民宿そのものはなかなかの繁盛ぶりだ。エプロン姿の園田紗理奈が宿泊客と談笑しながら朝食を給仕している。マリンスポーツを楽しむためにやってきたと思われるカップル客がさっきから絶賛中だ。

「このお魚すごいおいしい。ご飯がいくらでも進んじゃう」

「味噌汁も感動的にうまいよ。これ、美人のお姉さんが作ったんすか？」

笑って答える園田。

「ありがとうございます。味噌汁は母が。ご飯もお味噌汁もおかわりしてくださいね」

朝のワイドショーを流していたテレビ画面で、史上最年少で宇宙飛行士になった日本人女性のニュースが映った。カップルが反応する。

「この人、すごいよね。まだ若いのに、二十三歳？」

「宇宙飛行士とは思えないくらい感動的にかわいいよね」

画面に釘付《くぎづ》けになる園田。

そこに映っているのは、彼女の〝教え子〟が叶えた夢だった。

テレビ画面には、超国際宇宙ステーションからの中継でアナウンサーとやりとりする城島ユウキ宇宙飛行士。女性アナウンサーがスタジオから問いかける。

「いよいよ、三日後には地球への帰還となります。史上最年少宇宙飛行士としての感想はいかがですか」

ロシア人クルーとともにミッション中のユウキが、少しだけ大人びた笑顔ではつらつと答える。

「はい。ここでの経験をもとにプレゼンターとのコンタクトに向けて、研究を進めたいと思います」

つけ加えた一言が彼女らしい。

「弦ちゃん、見てる？」

お茶目に宇宙から親友へ呼びかけた。それを見て目を細める園田、自分でも思わず呟いてみる。

「弦ちゃん……」

如月弦太朗。新・天ノ川学園高校で教師をがんばってやっているらしい。先日、手紙をもらった。迷いながらも一直線でやっている。そんな感じのことがザックリした言葉で綴《つづ》ってあった。最後の一文には泣けた。

「俺が教師になれたのは園ちゃんのおかげだよ」

彼は園田の誇りである。


〈おわり〉

小説 仮面ライダーフォーゼ

原作
石ノ森章太郎

著者
塚田英明

協力
金子博亘

デザイン
出口竜也
（有限会社 竜プロ）

塚田英明 | **Hideaki Tsukada**

1971年埼玉県生まれ。蠍座。テレビドラマ・映画のプロデューサー。
早稲田大学在学中に特撮サークル「怪獣同盟」で活動した後、東映株式会社入社。京都撮影所で時代劇や事件モノのアシスタントプロデューサーを担当した後、念願の東映特撮番組をプロデュース。プロデュース作品は、『科捜研の女』『仮面ライダーフォーゼ』『仮面ライダーW』『獣拳戦隊ゲキレンジャー』『魔法戦隊マジレンジャー』『特捜戦隊デカレンジャー』など。

講談社キャラクター文庫 014

小説《しょうせつ》 仮面《かめん》ライダーフォーゼ
～天《あま》・高《こう》・卒《そつ》・業《ぎょう》～

2014年2月28日　第1刷発行
2025年3月19日　第6刷発行

著者	塚田英明《つかだひであき》　©Hideaki Tsukada
原作	石ノ森章太郎《いしのもりしょうたろう》　©2011 石森プロ・テレビ朝日・ADK・東映
発行者	安永尚人
発行所	株式会社　講談社
	112-8001　東京都文京区音羽2-12-21
電話	出版（03）5395-3491　販売（03）5395-3625
	業務（03）5395-3603
デザイン	有限会社　竜プロ
協力	金子博亘
本文データ制作	株式会社ＫＰＳプロダクツ
印刷	大日本印刷株式会社
製本	大日本印刷株式会社

KODANSHA

ISBN 978-4-06-314869-5 N.D.C.913 316p 15cm
定価はカバーに表示してあります。Printed in Japan